U0153207

凝煉知識品味閱讀

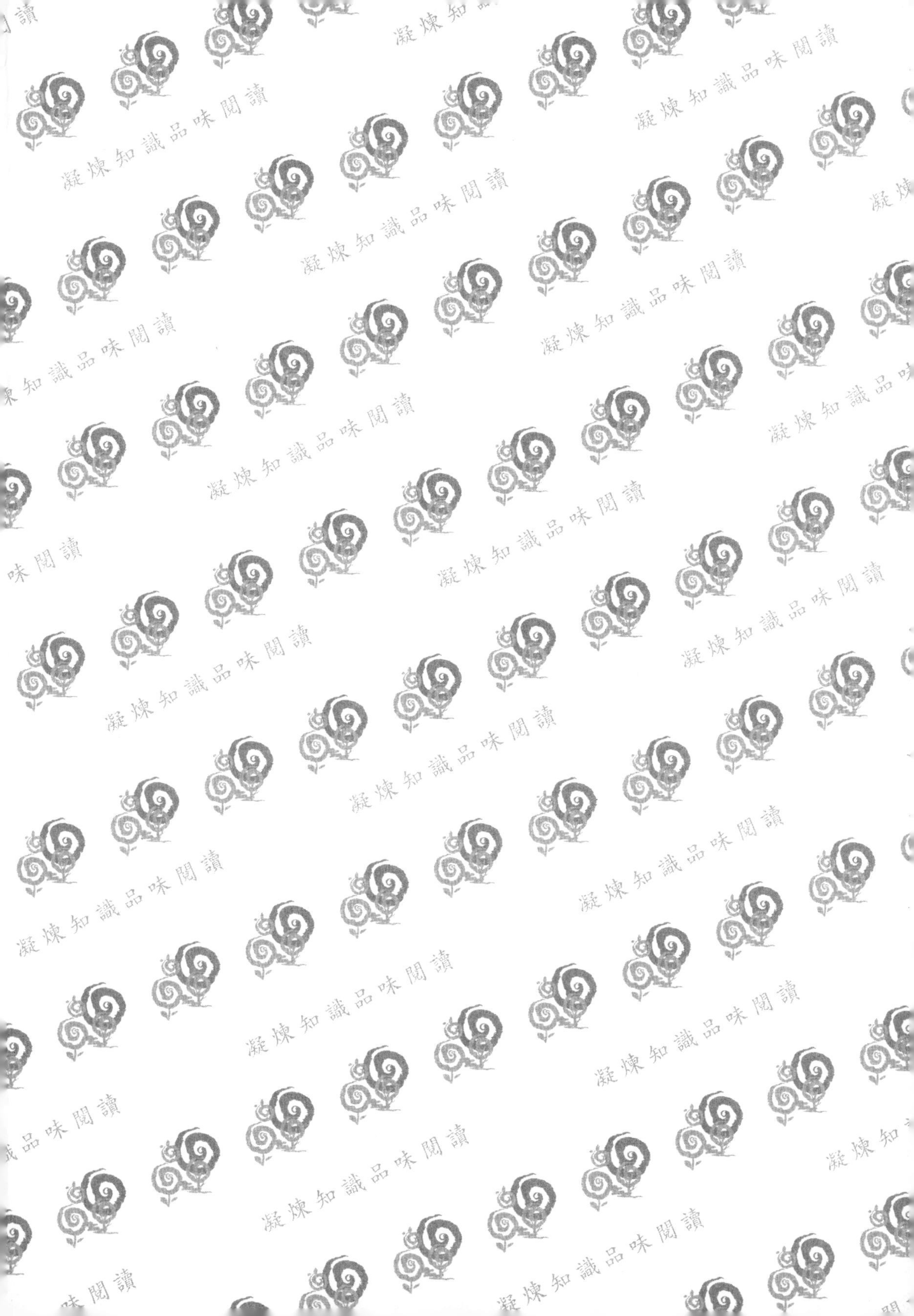
凝煉知識品味閱讀

超數位讀國學

用數據探索製作教案，用思辨引導深度討論

邱詩雯 著

五南圖書出版公司 印行

前　言

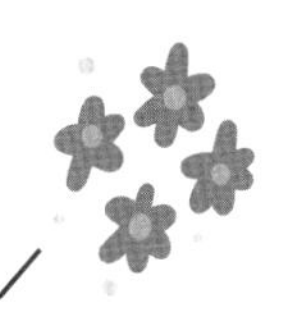

 數位與人文的對話

生而為人，我們必須擁有以人性為本的人文精神。身處在網際網路盛行的時代，我們也不能自絕於科技之外。數位跟人文之間有許多值得對話的空間，科技的發展源自於人性的需求，而人文學科的學習者身處在這樣的時空背景之下，也必須理解數位邏輯。

這樣的說法並非是指人文學生要比理工學生會寫程式，而是最少要懂得數位世界基礎的原理原則。就像如果您想到遠方，您可以不會製造汽車，但您不能不會駕車，並且要懂得自助加油、水箱加水、輪胎打氣等基礎機械常識。世界已經走向數位世代，人文學科應該要跟著往前進。

但需要注意的是，我說的數位世代並不等於電腦工程的世界。數位世代有精細邏輯分工，注重跨領域團隊合作，仍舊如同我們熟悉的一般，充滿著形形色色的各行各業，有些顛覆我們對於過去的想像。舉 Google 語音辨識系統為例，想像一下，這樣的系統需要哪些專業的分工呢？首先，它需要有電腦收音的專家，當我們說話時，它必須被完整有效的收音，而不被雜訊干擾。其次，還需要有精通語言學的專家，透過專家分析語言特性與語法結構，如此一來才能夠正確地辨識出想要表達的語言，當然還需要軟體程式的專家，這樣辨識出來的語言文字才能夠跨平臺的使用。最後，還需要市場分析專家，這樣才能不斷根據使用者經驗，優化系統，提高產值。

上述的這幾種專家，是由不同學科養成的人才。然而在他們進入工作的職場之時，他們都是進入科技公司的研發部門。日常的工作情境，除了專精於自己的專業項目外，還必須跨團隊的合作，最後才能產出完美的產品。在這個例子中，語言學還有市場分析專家其實都是傳統人文領域的人才，如果他們不具備有數位知識與電腦邏輯，那麼在跨領域團隊合作時，就很難和其他非人文領域的同事有效溝通。當專業無法有效表達，就沒有辦法突顯這項專業領域在數位時代的價值。反過來說，儘管您的專業是屬於傳統的人文學科，但是只要您懂得數位知識與電腦邏輯的基本概念，在數位時代更會無往不利。

從人文到數位的「學習鷹架」

我們知道跨領域是一加一大於二的結果，但是這個疊加的過程並不是只要把自己專業的一，加上對方的專業的一就可以順利相加，更重要的是要找到嫁接到對方專業的觸角。由於我們在中學就走向分類組教育，因此跨領域觸角的養成有其難度，人文領域的學生該如何養成數位相關的觸角，仰賴有效的學習鷹架。

但是這樣的學習鷹架並不容易，我們知道人文領域的學生看到數學和電腦語言，常覺得像是有字天書。如何讓他們跳脫過往不愉快的學習經驗，無痛進入到數位世界，逐步養成電腦運算邏輯的概念？或許我們可以從人文領域偏愛的文史哲文本作品入門。

這本書就是以文史哲作品入門，試著結合數位方法的六個主題，包括：誰是孔子繼承人、孔廟策展任務、下筆的慣性、人物關係與情節分析、古人的社交世界、文派詩派在哪裡。討論的主要文本皆是大家熟悉的作品，包括《論語》、《孟子》、《史記》、《世說新語》、《紅樓夢》、桐城派等，以傳統國學經、史、子、集四部分類法來看，《論語》、《孟子》談思想，應該編入子部，但是被提升到經典的經部；《史記》是歷史書，屬於史部，同時也有極高的文學價值；《世說新語》反映了魏晉南北朝時期的思想，屬於子部，也善用對照、比喻等文學技巧，擁有許多人物形象生動的篇章；而《紅樓夢》是家喻戶曉的古典小說經典巨著，和清代桐城派的文人別集同屬於集部。因此，本書舉例的文本大致可以對應國學四分法的經史子集四類，因此命名為《超數位讀國學》。

 數位人文「遠讀」的觀看之道

數位人文是結合數位科技與人文研究的新興學科，它不僅僅只是透過電腦加快人文研究的速度，而是由於新工具的產生，讓您用新視角思考問題。舉例來說，過去的人文研究，很像是傳統中醫，經過長時間的歷史演進，歸納出一套望、聞、問、切的疾病判讀方法。然而數位人文的研究法，就好像西醫進入中國時，帶來了很多新的疾病檢測與治病工具。中、西醫二者之間並不存在所謂的優劣問題，重點是遇到的疾病適用於

什麼樣的工具檢測，然後用什麼樣的方法去醫治他。同樣地，過去我們發展出一套對於文學文本的閱讀理解方法，但是，當我們因爲科技的發展擁有新的工具，在加入新工具之後，是不是能夠檢測出更精細的疾病？或者用更適合的方式進行治療呢？

數位新工具和傳統閱讀方法也像是望遠鏡與放大鏡之間的關係。在取得望遠鏡之前，我們要看一棵樹的生長狀況，除了丈量他的長、寬、高之外，可能會使用放大鏡去觀察它樹幹上的年輪，藉此判別這棵樹的年紀。甚至可能再拿顯微鏡去檢測依附在樹皮上的黴菌，判別其種類是否會造成這棵樹產生疾病。如果我們使用望遠鏡，我們可以試著從一個很遠的距離來看這一棵樹，也許我們會發現這棵樹存在森林中的位置，觀察地勢高低、其他植物與它的關係。而如果我們使用更高倍率的望遠鏡，用一個更遙遠的距離來看這一棵樹，也許我們會發現這座森林上方因爲有很好的光合作用，產生了許多的氧氣，導致大氣層中所呈現的狀態與密布建築的都會區上方不同。如此看來，顯微鏡、放大鏡這些工具有其存在的必要性，而普通望遠鏡、高倍率望遠鏡能夠用不同的距離來發現新問題，所以也具有不可或缺的理由。因此，如果我們能夠整合這些工具，一起來觀看這棵樹的生長，是不是能夠比原本的方法更有幫助？

上述的概念，就是數位人文學的「遠讀」。「遠讀」就像是從很遠的距離去觀看文本，我們可以把類似大數據的大量文本，透過電腦科學的運算、統計、分類、串聯、分析，我們可能會更了解這些資料，同時可能也會發現新問題。而「遠讀」不必也不能完全取代文本細讀分析，就如同我們不會因爲擁有望遠鏡，就認爲不再需要放大鏡和顯微鏡。不同的狀況適用不同的工具，完全得相機行事，因時制宜。

這本書主要試著使用數位人文工具，從「遠讀」的距離來觀察國學文本。我聚焦舉出數位工具如何與國學文本結合的案例，除了推展閱讀新視野，同時也想藉此反思新工具可能的侷限。而通過遠讀國學思考數位化的問題，正是數位邏輯學習鷹架所在。

 人文素養的它山之石

「它山之石，可以爲錯」，意思指別座山的石頭，可以拿來磨治玉石。透過數位人文的遠讀觀看，不只是初窺數位世界的入門方法，更是能深化人文素養教學的方法。

在工業 4.0、大數據、AI 人工智能當道的時刻，過去機械式的認知與技能教學，已有很大的部分會被電腦取代。而在這樣的趨勢中，語文教學應該更回歸到人文教育的本質，強調人文價值與精神。所以我們常常可以看到報章媒體談到在科技當道的時代，人文學系訓練出的人才才是解決問題的關鍵人物。但是與此同時，我們也看到不論是中學課程或是大學語文相關課程，都有調整或者是改革的聲浪。既然人文學系訓練的人才是重要的，但是人文課程又被大家覺得應該要改革，那這中間的落差究竟是什麼呢？如何經典轉化與經世致用是人文教育工作者共同面對的問題。

以文學流派爲例，過去我們常常會在教學的時候，希望學生記憶文學史上的一些重要流派，強化國學文史素養，這屬

於認知的教學目標。接著，教師可能還會強調這些文學流派中的作家，是在怎樣的社會背景下形成共識，希望學生能夠還原歷史現場，設身處地的感受問題。並且透過教師賞析作品，讓學生感受到作品所要闡發的旨趣。這過程則接近情意的教學目標。而在技能目標方面，我們會希望透過文學流派作品的風格，讓學生掌握其寫作特色，應用在自己的寫作表達之中。這樣的分項目標雖然完整，但是其實存在著體與用的落差。

記住文學流派的細節，不如學會如何查到正確資料。在歷史現場體驗作家心境，不如透過作品思考當下的相似情境。寫作表達與其模仿作家技巧，不如致力於據理力說的思辨表達。

因此，教學者應該換位思考，站在學生們的立場去想，學習所謂的文學流派有什麼樣的用處？這本書就是透過六大主題的案例，來強化體與用的連結。透過電腦清洗數據、數據繪圖，畫出文派的傳播網路。用視覺化的圖像，帶領學生思考文學流派形成的方式和元素，並且分析文學流派裡人與人的關係。從圖像中思考流派的傳播是根據什麼關係才能夠得以延續。透過文學流派的例子，學生不再只是習得基礎國學知識，而是可以進一步思考，如果今天一個人想要建立一番事業，他該如何尋找夥伴、訂立宣傳策略，才能夠獲得成功並且行之久遠？這樣的案例就很容易與現實時空產生連結。而這些連結可以成爲學生課堂討論的學習任務，必須在同儕間有理有據的提出觀點，所以參與討論者必須回歸到文學文本舉例論證。則在過程中，也會不自覺的加深、強化文本的閱讀與理解。

本書的六大主題，皆是透過國學文本討論現實生活、網路世界共同面臨的議題，以深度討論的幾種提問方向設問，在每一項主題後擬定若干問題，讓教學者、讀者能夠學思並進，延伸思辨閱讀。

使用指南

歡迎您進入數位國學的世界。電視金融商品廣告常加註：「投資一定有風險，基金投資有賺有賠，申購前應詳閱公開說明書。」閱讀書籍也一定要寫投資「時間」的公開說明書，因此，在開始我們數位國學之旅之前，應該先讓您了解這本書的適用對象，以及讀這本書您能夠獲得什麼。

如果您是普通讀者

這本書是利用數位工具讀國學的入門書，預設對象是所有對於國學有興趣的閱讀者。您可以不必具備深厚的國學底子，只要您有興趣，都歡迎閱讀這本書。

這本書裡的部分章節，曾經是由國立成功大學中國文學系「國學導讀」、國立成功大學「基礎國文」，以及國立臺灣師範大學華語文教學系「中國文學史概論」的上課教材修改而成。這幾門課的修課學生包括中文系的專業學習者、非中文系的各領域學生，甚至還有對中華文化有興趣的外籍學生。因此這本書的內容重視觀念的引導，而非大量國學知識的記憶。

我使用數位人文工具繪製圖像，串聯案例展開討論，因此聚焦在透過數位讀國學的示範，開啓主題的思辨討論與後續的閱讀興趣。在每個主題之後，皆有深度討論課程分析型、歸納型、推測型、感受型、連結型問題，能夠提供您在閱讀之後，進一步思辨相關主題。然而應當說明的是，這本書有二個「沒有」：

第一，沒有國學導讀系統性的知識講解。我挑選了大家耳熟能詳的幾個經典作品作為示範，不糾結在國學知識的說明。如果您對相關的國學知識有興趣，歡迎您透過圖書館或網路延伸查找資料。

第二，沒有數位人文工具操作方法的教學。這本書關注數位工具如何幫助思考國學的問題，並非操作方法的教學。我會在案例使用工具繪圖後，以加註的方式註明使用的相關工具名稱。如果您對這種數位人文工具有興趣，請您按圖索驥，進一步進行系統性的學習。

總體而言，這是一本通過數位人文工具讀國學，舉經典案例，引導思辨討論的書，希望能夠在網際網路時代，提升您對於數位讀國學的興趣，期待能夠拋磚引玉，開啓您後續探索的無限可能。您除了閱讀本書，亦可隨時關注臉書「數位國學」粉絲專頁，會有不定期更新國學相關數位人文工具的介紹。

如果您是學校教師

如果您是學校教師，歡迎您使用這本書的概念與案例，引領學生思辨與深度閱讀。

您喜歡學生在課堂上使用手機嗎？網際網路世代的學生，對於獲取知識的途徑，已經和以往不同。舉例來說，過去學生學習「四庫全書」的課程時，常常都是經過老師、教科書的簡介，進一步閱讀課程參考資料，從而認識四庫全書的梗概。然而，在網際網路的時代，學生只需要在 google 上鍵入「四庫全書」關鍵字，就能夠獲得大部分的簡介內容，那麼，如果教師仍然使用傳統講授法授課，評鑑方式仍然以背誦知識為主的紙筆測驗的話，學生課堂學習意願自然低落。這本書將提供幾個很受學生歡迎的課堂主題，結合討論問題，讓您有效運用課堂學時，用科技借力使力，提高學生學習意願，提升學習成效。

怎麼做的？我們知道布魯姆（Benjamin Samuel Bloom，1913-1999）提出的教育理論裡，包括認知、情意、技能三大向度的學習目標。這本書的幾個主題教案就是重新朝向這三大向度調校教學內容。就認知來說，我們不再講授大量的語文知識，而是透過問題的提問，讓學習者、閱讀者自己找出答案。並且在利用網際網路、數據資料庫找答案的過程中，能加入數位邏輯，縮短檢索資料的時間，快速的找到答案。

而在情意和技能方面，思辨與口語表達是這本書的重點。透過幾個主題的範例演示，教師們可以補充相關文本，接著使用本書根據深度討論教學原理列出的討論題目，結合原有教學課程的內容，製作學習單，帶領課堂討論。讓學生在同儕的互相激盪中，展開思辨，並且有條有理的表達出來。

深度閱讀討論法是起源於美國賓州大學研究發展的教學模式，著重課堂的討論與對談，來促進學生思考，以達到更進階之思辨與認知層次。深度討論將提問分為幾種類型：求知型問題、測試型問題、追問型問題、高層次思考問題（分析型、歸納型、推測型）、支持性討論（感受型、連結型）。其定義、問題事件與定義如下表：

表 1　深度討論問題類型表

問題事件		定義
求知型問題		開放性問題，具多樣性。
測試型問題		特定答案的問題。
追問型問題		追問，用以釐清、深化認知，並帶出更多的對話。
高層次思考問題	分析型問題	找出文本不同的看法與關聯性的問題。
	歸納型問題	整合相關資訊得到的概念。
	推測型問題	思考各種可能性的問題。
支持性討論	感受型問題	將文本的回應者自身的情感與生命經驗連結。
	連結型問題	將這次的討論與之前的知識連結。

資料來源：筆者根據陳昭珍等合著：《深度討論教學法理論與實踐》[1]整理

深度討論教學法的關鍵在於運用高層次思考問題、支持性討論，也就是分析型問題、歸納型問題、推測型問題、感受型問題、連結型問題幾種，來引領學生透過文本訓練邏輯思辨。而求知型、測試型、追問型三類問題，是用來檢視學生是否理解文本內容。以傳統的測驗類比，則求知、測試、追問比較像是有標準答案的題型，而高層次思考問題、支持性討論則是沒有標準答案的申論題。在閱讀文本之後，我們都可以從中提問上述幾種問題。什麼是分析型問題？當我們要分析一件事情，必須要了解事情的來龍去脈，通常需要二個或是多個的特定的細節來支撐我們的論述。因此分析型問題，重點不在於重申已知的資訊，而是需要學生進行演繹推理、分析概念、觀念或是

1 陳昭珍等合著：《深度討論教學法理論與實踐》（臺北：元照出版有限公司，2020.2），p18。

論述。例如：這件事情的成因是什麼？因此分析型問題常常是針對文本，問「爲什麼」。

歸納型問題需要結合文本中不同的部分資訊，不只是簡單的重申文內的資訊，而是歸納推理，提出規則或主題，建立思想。歸納的方法非常適合人文的思考，通常針對文本的提問是「這些事有什麼規則？」、「這些角色有什麼相似處？」、「您獲得什麼啓發？」

而需要學生去思考其他可能性的狀況則是「推測型問題」。一個推測就是一種思考策略，透過推測，可以讓學生組織思維，繼而進階思考。推測型文題常用「如果」開端，比如：「如果主角選擇另一條路，他後來會如何？」推測型問題是最開放性的問題，可能會將討論引到任何地方。

還有感受型問題，是將文本的回應者自身的情感與生命經驗連結。這類的問題會涉及情感感受和生活資訊，讓讀者投身文本角色，設身處地，反思自身。提問的方法常可以用「就您個人的經驗」、「如果您是某某」開頭。

而推測型問題和感受型問題都不會有唯一的答案，又能連結自身理性判斷與感性經驗，因此很適合作文本深度討論與生命教育、情感教育、性別平等教育等議題的連結。

最後是「連結型問題」。連結型問題原本的目的是在將此次學習的內容，串連過去閱讀經驗的文字事物。由於注重教學內容與其他文本的跨文本連結，因此我認爲很適合設計爲延伸閱讀、延伸學習的教學環節。舉例而言，本書雖然皆是透過案例舉例分析來說明主題，但是畢竟受限於篇幅，只能略舉一隅說明。並且對於國學相關背景知識，沒有太多系統知識的建構。因此建議教師們能夠藉機拋出「連結型問題」，讓學生透過學習任務，延伸學習，深化學習內容。

您可以利用本書的案例與條列的問題，尋找連結點，結合您原有的課程進度，活化課堂。如您計畫講授《論語》，就可以應用本書第一、二章的內容，結合文本解說，進行教學。同樣地，如果您教授《史記》、《世說新語》、唐宋八大家古文、桐城派古文、《紅樓夢》等，也能應用本書案例，提升學生學習興趣。

結合的方式，有三種建議教學模式。如下圖 1 流程圖所示：

講授	課堂知識教授	補充本書範例	深度討論作爲總結性評量
翻轉	課前文本	本書範例作爲課堂學習主題	深度討論形成性評量
自學	以本書範例爲主題	設計學習任務	延伸知識學習

圖 1　本書建議教學流程圖

您可以採用課堂講授原有文本進度，將本書數位國學範例作爲補充教材，然後將深度討論的問題，以申論題的方式，作爲課後評量。您也可以進行翻轉教學，讓學生課前閱讀教材內容，然後將本書範例作爲課堂學習主題，引導深度討論，從旁完成形成性評量。當然，您也可以直接將本書範例爲主題，參考深度討論問題設計學習任務，讓學生動手動腳找材料，延伸知識學習。

人文教學是數位時代重要的教育核心，學習者取得知識的方法也極度依賴數位的辦法。如果我們將人文的文本，透過機器的「遠讀」過程，討論人文思考與機器遠讀的差異，並結合現實生活情境，是否能夠在傳統人文教學中，創發更多新的思索議題？

致謝與分享

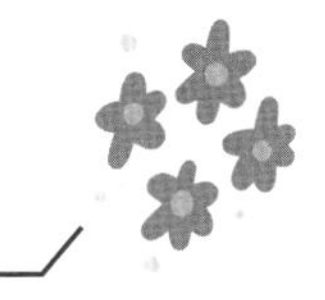

這本書感謝教育部教學實踐研究計畫與臺灣師大新進教師研究計畫三年計畫的經費支持，並且榮獲教育部教學實踐研究績優計畫的肯定。第一年的計畫題目爲「數位人文視野下的國學導讀教學實踐與研究計畫」，當時我任教於國立成功大學中國文學系，講授「國學導讀」課。在這堂課中，我們師生共同討論了許多有趣的專題，爲這本書的幾個範例奠定了基礎。第二年的計畫擴大爲「數位人文視野下的大學國文教學實踐與研究計劃」，我將教學的對象從中文系的專業課程，擴大到全校中文系以外的大一國文學生，注重教材的普及度，希望能以深入淺出的方式，推廣給更多有興趣的學生。第三年計畫的教學現場則轉往國立臺灣師範大學華語文教學系，我獲得國立臺灣師範大學新進教師的研究計畫，以「數位人文應用於國學教材教法研究」爲題，在外籍學生組成的「中國文學史」課程，將其中的主題結合深度討論的教學方法，進行行動研究。並且根據課堂的學生回饋，調整深度討論的題目內容。由於有教育部和臺灣師大連續三年計畫的支持，教案初稿審查委員楊濟襄、王松木、劉雅芬老師的建議，與多位計畫匿名審查委員的寶貴意見，這本書的實驗教學內容才能夠逐步打磨，以今日較完整的面貌問世。

除了計畫經費的支持，在這過程中我要感謝成大中文系林朝成老師引導我探索數位人文，要我申請科技部學術營和高教深耕計畫，幾次舉辦數位人文教學工作坊和演講。邀請來的講者包括國立清華大學中國文學系祝平次老師、法鼓文理學院佛教學系洪振洲老師、國立臺灣大學生物產業傳播暨發展學系闕河嘉老師、國立臺灣海洋大學資訊工程學系林川傑老師、國立中山大學中國文學系簡錦松老師、香港城市大學中文及歷史學系徐力恆老師、南京大學歷史學院邱偉雲老師，皆毫不藏私的分享最新的研究技術，讓我能夠持續學習精進，引領我逐步進入數位人文的領域。我還要感謝本書幾種數位人文平臺的開發者，包括 DocuSky 數位人文學術研究平臺、CORPRO 庫博中文獨立語料庫分析工具、Chinese Text Project 和 Gephi，如果沒有上述方便操作的平臺，我無法完成本書的數位「遠讀」以及繪圖。當然，也仍要謝謝我的學位指導教授張高評老師爲我奠定國學研究基礎，才能順利展開跨領域的探險之旅。

除此之外，我還要感謝提供給我資料與數據的朋友與學生們。謝謝成大華語中心的劉怡如老師，慷慨寄來碩士論文大作《《全球華語詞典》同名異實詞語之探究》，補充了詞彙解說。也謝謝成大中文系的郭欣、陳思穎、張家芳、林庭伊、郭俐廷、張瓊文、賴玄胤、賴雨孟、張育慈幾位同學，提供我有關於《世說新語》人物、北宋六家書信、《紅樓夢》續書等源自於我們課堂討論與讀書會的相關數據資料，特申謝忱。其他在這超數位讀國學旅程中給予我鼓勵的師長、朋友、無法一一列舉，點滴在心，在此一併致謝。

本書有部分的圖例與表格曾發表於數位人文的期刊和研討會之中：第一章中的《論語》、《孟子》比較表，曾於2021年5月發表於國立臺灣藝術大學主辦的「第十一屆通識創意與文化經典學術研討會」，名爲〈數位人文視野下大學語文說理型單元的教與學〉。第三章《史記》作者問題，原爲〈《史記》作者數位化研究初探——以三十世家虛字字頻爲例〉一文部分內容，2018年10月刊登於《數位典藏與數位人文》第2期。第四章《紅樓夢》人物關係圖，爲闕河嘉老師與我合寫的〈CORPRO語料庫詞彙共現關係與《紅樓夢》文本人物互動探析〉海報，發表於2020年12月中央研究院主辦的「第十一屆數位典藏與數位人文國際研討會」。第六章的桐城派文人關係圖，則是我〈可視性社會關係網路輔助文學流派界定方法探析——以桐城派文人群體爲例〉一文的研究成果，2021年5月刊登於《數位典藏與數位人文》第7期之中。上述諸篇爲學術研究相關成果，或探討數位人文研究方法，或關注教學行動研究。本書襲用其統計數據，重新繪圖上色，作爲案例分析，並且重新開始進行數位國學引導深度討論的科普化寫作，特此說明。

目　次

思辨主題：

數位世界與現實生活中的同名異實？

第一章

誰是孔子繼承人？

言爲心聲，我手寫我口，心中所想的是否能夠有效的表達出來？當我們閱讀思想的著作，書面上的文字是否能夠有效基因定序，找到思想的繼承人呢？

用教育打破階級複製的至聖先師

孔子是華人文化中一位最大公約數的人物。不論是臺灣、香港、澳門、中國、馬來西亞、新加坡、印尼、緬甸等地，有華人的地方，大家都認識孔子。

孔子的重要性如果要具體分析，可以寫出許多套的哲學叢書，在這裡，我只想強調他「至聖先師」的意義。我們知道，孔子出生於公元前五五一年的春秋時代，在那個時代知識是被壟斷於貴族階級的。在那之前，平民不能接受教育，甲骨文中的「人」字，只有一個平民模糊的側面。平民負責生產、勞役，卻無法接受教育，知識分子都是士大夫以上的貴族，以血統作爲代代相傳的憑證。知識被壟斷，多數的群眾即便對現實有所不滿，也只能口耳相傳，難以透過文字傳達到遠方，發揮影響力。這樣的社會分工，雖然剝奪群眾權益，但卻讓統治階層獲取極大的利益。因此在保護自我利益的概念中，知識是世襲的資產，階層複製難以流動。

《合集》6175

然而，民意如流水，如同大禹治水故事的啓示，面對來勢洶洶的洪水，只是不斷築起高牆、採取防堵策略，終究會失敗。經過長時間的社會發展，貴族的封建集權制度受到了挑戰。禍起蕭牆，貴族集團內部充滿權力鬥爭。孔子身處在這樣的時代，上層的貴族爭權奪勢，基層的士大夫階級失去了與生俱來的終身俸，只能各憑本事，另謀出路。「吾少也賤，故多能鄙事」，[1]曾經當過地方官吏的孔子，因爲政治傾軋下野。周遊列國無法實現政治抱負之後，返鄉修訂禮樂，推廣教育。「因材施教」和「有教無類」，是孔子的教育的兩大特色。前者說的是他擅長適性化教學，後者則是強調他打破了長期知識被壟斷的狀況，致力推廣教育。教育普及是國家開發程度的重要指標，由此看來，孔子的政治失意，卻是中華文明的幸運。

亞聖孟子眞的是孔子繼承人嗎？

孔子是華人歷史重要的轉捩點，被戴上了「至聖」的桂冠，尊稱爲「至聖先師」。其門下弟子三千，成名者七十二人，誰是孔子的繼承人？經過歷史的淘選，以戰國末年的孟子作爲孔子繼承人，是較爲普遍的說法。孟子被尊稱爲「亞聖」，「亞聖」的「亞」字，就是表達他僅次於孔子的意義。也因此華人在學習文化基本教材時，常常都是《論語》、《孟子》並讀的。

1　魏・何晏集解；宋・邢昺疏；清・阮元校勘：《論語正義》（臺北：藝文印書館，2001.12 影印嘉慶二十年江西南昌府學刻本），p78-1。

然而，雖著年紀的增長，小時候黑白分明的是非題，已經演進成批判思考的申論題，才能貼近於複雜的社會現實。過去我們習以爲常孟子繼承孔子這樣的說法，在大數據的時代，是否仍然可靠？我們可以試著用數據來證明。

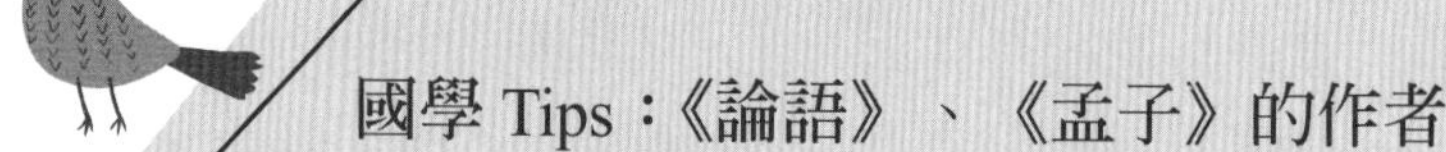

國學 Tips：《論語》、《孟子》的作者

- 《論語》一書記錄孔子的思想，但是卻不是孔子本人親自寫成。根據班固《漢書·藝文志》的紀錄：「《論語》者，孔子應答時人及弟子相與言而接聞於夫子之語也。當時弟子各有所記；夫子既卒，門人相與輯而論纂，故謂之《論語》。」可知《論語》是在孔子過世之後，由其後人完成。根據鄭玄、程頤的考證，《論語》的主要作者包括：仲弓、子夏、子游，以及有子、曾子的門人。

- 《孟子》一書反映了孟子的思想，然而《孟子》這本書的作者是什麼人？卻是眾說紛紜的狀況。司馬遷、朱熹、閻若璩都認爲《孟子》之書應該是孟子本人自著；韓愈、晁公武、梁啓超則認爲這本書當爲孟子弟子所作。如果折衷論之，《孟子》書可能爲孟子時已有部分內容，再經弟子追改而成。

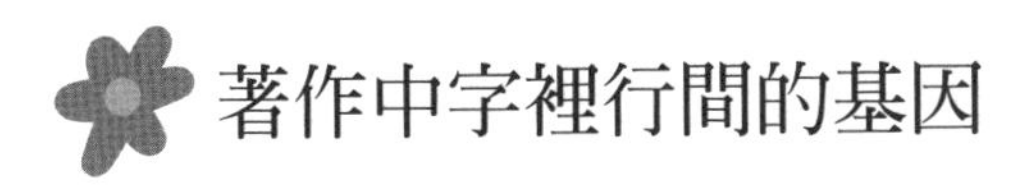

著作中字裡行間的基因

要確認孔、孟繼承關係，如同 DNA 親子檢定一樣，我們可以透過分析他們著作的「基因」來論證。

組字成詞、聚詞成句、聯句成段、合段成篇。著作的基因存在於文字之中，透過文字的選擇運用，我們可以推敲作者的思維脈絡。如果，我們將《論語》逐字逐句拆開，您猜最常出現的字是什麼？不同主題的文章，用字應該不同。那麼，如果我們將《孟子》這本書的用字也拆開來，它們的樣子是否和《論語》類似？在數位世界中，這就叫做詞頻，指的是一個字詞在一定範圍內出現的頻率。我們常看到的文字雲就是根據這樣運算的。越常出現的字詞，頻率越高，繪製成文字雲，高頻字詞就會越大。相反地，越不常出現的字詞，頻率越低，在文字雲中就會越小。

有沒有發現，爲什麼我將詞頻的計算單位稱爲字詞，而不是詞？因爲華文的最小單位有時候是字，有時候是詞。比如「天」，一個字就可以代表「sky」的意思。但是如果我們要表達「weather」的意思，就必須用「天氣」兩個字，分開用「天」或「氣」的單字，都沒有辦法表達天氣的意思，必須「天氣」二字連用才能完整表達。華文不像拉丁語系的文字，在詞與詞中間使用空格分開，如何正確斷詞是詞頻計算的第一項難題。值得慶幸的是，有大量的資訊專家投入這項研究工作，準確率也不斷的提升，這也是爲什麼今日我們使用語音辨識時，電腦越來越能夠正確判斷語句意思的原因。

 《論語》、《孟子》的思想 DNA

回到孔子繼承人的這個問題。爲了降低斷詞錯誤率的干擾，我們先將《論語》、《孟子》的全文用數位工具將每個字分開，就會得到下表 1-1 的字句統計表：

表 1-1 《論語》、《孟子》字句統計表

編號	文件集名稱	文件總數	總長度	總字數	單字數	累計單字數	最長句長	最短句長	平均句長	句長標準差
1	論語／論語	1	21500	15909	1349	1349	122	2	16.486	12.744
2	孟子／孟子	1	44866	35390	1902	2233	501	2	33.673	47.306

製表來源：作者利用 Docusky[2] 製表

在表 1-1 之中，我們可以看見字數的統計狀況，《論語》共有 15,909 字，《孟子》有 35,390 字的結果。接著我們獲得每個字出現的次數統計表，我們以人工判讀的方法，再刪除虛字和干擾字。虛字，是作者用字的習慣，不同的作者會有不同字。就像一些人在說話時，常說「然後」，那麼，「然後」就會是他說話過程中常出現的虛詞。因爲虛詞通常與思想內容無關，所以我們在討論繼承關係，統計詞頻時，必須刪掉虛字。而干擾字則是與情節有關的人名、地名，我們也必須先刪除，降低干擾。在刪除虛字和干擾字之後，由多到少排序，獲得下表 1-2 的字數統計表。

2 臺灣大學數位人文研究中心 . (2017, 2021). DocuSky 數位人文學術研究平臺 . 檢自 https://docusky.org.tw/

表 1-2 《論語》、《孟子》單字高頻字數統計表

論語			孟子		
排序	字	字頻	排序	字	字頻
16	君	159	15	王	321
27	仁	110	17	天	293
29	道	89	21	君	253
31	行	82	26	民	209
34	禮	75	34	仁	158
40	學	65	36	道	150
54	民	49	41	行	133
56	天	49	45	心	124
58	邦	48	51	善	114
59	樂	48	56	義	109
66	欲	43	67	欲	96
69	善	42	68	士	94
70	政	42	69	樂	91
71	德	40	80	賢	74
73	惡	39	87	禮	68
77	信	38	88	臣	68

製表來源：作者製表

從這張表中，我們可以看見《論語》的「君」字用了 159 次，《孟子》的「君」字用了 253 次。如此看來，似乎《孟子》似乎比《論語》更常談論「君」這個概念。但是事實真的是這樣嗎？如果這次的統計是 DNA 檢測實驗，那麼這張表的產出，其中有沒有什麼實驗的盲點？

剛才說過，《論語》全書 15,909 字，《孟子》全書

35,390 字，如果單從字數統計，因為比較的分母不同，單比較分子大小是不可靠。如同分數運算時，比較 3/5 和 2/3，只用分子 3 和 2 相比，就會誤會 3/5 大於 2/3。如果我們將它們轉換成百分比，3/5 等於 60%，2/3 約等於 67%，用百分比相比，就能夠輕易看出 3/5 小於 2/3 的真相。因此，回到《論語》、《孟子》字數頻率的統計，我們也進一步講它轉換成百分比，才能獲得正確的比較結果，如下表 1-3。

表 1-3 《論語》、《孟子》單字高頻字頻表

論語				孟子			
排序	字	字頻	正確字頻	排序	字	字頻	正確字頻
16	君	159 →	1.00 %	15	王	321 →	0.91 %
27	仁	110 →	0.69 %	17	天	293 →	0.83 %
29	道	89 →	0.56 %	21	君	253 →	0.71 %
31	行	82 →	0.52 %	26	民	209 →	0.59 %
34	禮	75 →	0.47 %	34	仁	158 →	0.45 %
40	學	65 →	0.41 %	36	道	150 →	0.42 %
54	民	49 →	0.31 %	41	行	133 →	0.38 %
56	天	49 →	0.31 %	45	心	124 →	0.35 %
58	邦	48 →	0.30 %	51	善	114 →	0.32 %
59	樂	48 →	0.30 %	56	義	109 →	0.31 %
66	欲	43 →	0.27 %	67	欲	96 →	0.27 %
69	善	42 →	0.26 %	68	士	94 →	0.27 %
70	政	42 →	0.26 %	69	樂	91 →	0.26 %
71	德	40 →	0.25 %	80	賢	74 →	0.21 %
73	惡	39 →	0.25 %	87	禮	68 →	0.19 %
77	信	38 →	0.24 %	88	臣	68 →	0.19 %

製表來源：作者製表

在表 1-3 中，我們可以看見《論語》和《孟子》書中不同的重點傾向。首先看到《論語》中最高頻率出現的有效實詞「君」字，《論語》中的「君」字共出現 1%，《孟子》則較低，是 0.71%。相較於「君」，《孟子》書中更常出現的是「王」字，計有 0.91%。如果我們以「君」、「王」對比，似乎可以觀察出一些有趣的現象。我們知道《論語》一書的時代背景，在東周的春秋時期。幽王失國，平王東遷，周朝的歷史便分爲西、東二期。春秋時期屬於東周的前期，當時周天子君權低落，齊桓公、晉文公、秦穆公、宋襄公、楚莊王、吳王闔閭、越王勾踐各方霸主先後迭興。儘管如此，在齊桓公喊出「尊王攘夷」的政治術語後，後來的幾位春秋時期霸主，基本上都是依循著這個基調，與周天子和平共存。然而，《孟子》成書時代爲東周的戰國晚期，戰國時期列強陸續稱王，以下克上事件不斷，周王室名存而實亡。在這樣的政治背景之下，孔子與孟子遊說諸侯、闡述政治理想時，詞彙自然有所不同。孔子在「尊王攘夷」的思想浪潮中，常提到周天子；孟子在以下克上的政治現實中，比起周天子，他更在意擁有實權的諸侯王。這也就是《孟子》書中「王」是極高頻率出現的有效實詞。

然而，以「君」、「王」作爲統治者的代稱，觀察字頻，這樣的方法是否有思考的誤區？

在回答此問題前，我們先繼續把表中幾組相關的字頻進行比較。《孟子．盡心下》曰：「民爲貴，社稷次之，君爲輕」，[3]

[3] 漢．趙岐注；宋．孫奭疏；清．阮元校勘：《孟子正義》（臺北：藝文印書館，2001.12，影印嘉慶二十年江西南昌府學刻本），p251-1。

說明在孟子理想社會的建構中，應該是以民爲本，國君應該將自己排在人民與江山社稷之後。這是孟子著名的民本思想，而此思想當然不是孟子獨創，在此之前，《尚書》即有「民惟邦本，本固邦寧」的紀錄；孟子將這樣的概念具體演繹發揮，成爲他政治理想的思想基石；而稍晚於《孟子》成書的《大學》也有「民之所好好之，民之所惡惡之」的說法，可知民本思想在儒家政治哲學中有一系而下的發展脈絡。上表 1-3 中「民」字是《孟子》書中僅次於「君」的有效實字，占 0.59%，可知孟子在君王治國理念的論述中，也大量闡述「民」在整體社會架構中的重要性。而相較於《孟子》一書，《論語》雖然也談及「民」，但僅爲0.31%，就比例上看幾乎是《孟子》的一半，因此我們可以推論《孟子》對於「民」的申論，遠遠較《論語》來得多。

孔子推動教育不遺餘力，那麼在《論語》中與教育相關的字應該也不少。就上表 1-3 初步觀察，《論語》中「學」字的字頻爲 0.41%，教育內涵的「禮」占 0.47%，「樂」占 0.30%，「德」有 0.25%，「信」則是 0.24%，孔子的教育重點都可以在表 1-3 中顯現出來。然而我們用同樣的教育概念來檢視《孟子》書的字頻，會發現在表 1-3 中找不到「學」字，可見「學」字在《孟子》書中出現的頻率已在表列的 16 位以後，而周邊的教育相關字，「樂」有 0.26%，「禮」占 0.19%，表中也未見「德」、「信」，可知《論語》重視的教育概念與《孟子》書比重有所不同。而在表 1-3 中《孟子》書中的「士」、「賢」、「臣」字，卻未見於《論語》的高頻字統計中，顯示與教育細節相比，孟子似乎更在意讀書人如何輔佐君王，這是否也反映了戰國末年戰爭頻仍的社會，教育改革人心已經緩不濟急，導致孟子更注重經世致用的實踐呢？

討論到這裡，我們整理一下孔子、孟子字頻反映出來的繼承關係：孔子最在意「君」，孟子的「王」重於「君」；孟子重視「民」，討論頻率幾乎是孔子的兩倍；孔子注重「學」、「禮」、「樂」、「德」、「信」等教育養成相關字，而孟子則更強調「士」、「賢」、「臣」這些經世致用的實踐。就字的使用上來看，二人的關係並不是那麼相近。但是北宋理學家程頤曾經闡釋過一段孔子與孟子的關係，曰：「孟子有功於聖門，不可勝言。仲尼只說一箇仁字，孟子開口便說仁義。仲尼只說一箇志，孟子便說許多養氣出來。只此二字，其功甚多。」從這一段文字裡頭看來，孟子似乎是孔子思想的延伸發揮者，孔子口中的「仁」，孟子以「仁義」延伸闡釋；孔子說「志」，孟子就發揮成「養氣」的概念。如果順著程頤的思路，那麼《論語》和《孟子》書中的用字雖然不同，但中間似乎有一條薪傳的脈絡。那麼，看到這裡，您認爲孟子究竟是不是孔子繼承人？

「異名同實」和「同名異實」的陷阱

用字不同，概念相近，被稱爲「異名同實」。與之相反地，用字相同，但所指概念有別，被稱爲「同名異實」。在電腦1與0的世界，「異名同實」比較好處理，只需要告訴電腦那些字詞相等即可。比較難處理的，是「同名異實」的問題。就本章《論語》、《孟子》的案例而言，其實存在著大量的

「同名異實」問題，您發現統計的陷阱了嗎？

以「君」字爲例，《論語》大多數的狀況是「君子」連用，但是「君子」一詞在《論語》中最少有兩個所指：其一，在上位者的人；其二，有道德的人。所以當表 1-2、表 1-3 直接將統計「君」字的字頻列出之時，其實就已經將二種「君」的意思混合在一起了。因此前文將出現《論語》中共出現 1% 的「君」字視爲周天子，其實是過分粗糙的統計方法。這其實是筆者在教學之時刻意留下的伏筆，讓學生透過發覺問題，導入思辨的引信；而聰明的讀者如您，應該也發現了這個玄機。因爲這種似是而非的推論，正充斥在我們日常生活的閱讀經驗之中。透過論述的除錯，加深學習者對於「同名異實」的後續觀察。

由於大量資訊透過數位平臺充斥在我們的生活之中，人們改變了閱讀習慣。我們無暇一筆一筆檢視資料，有時依賴標題、依賴關鍵字檢索，就快速歸納結論。這樣的方式其實容易出錯，最常出現的問題就在於以「同名異實」的關鍵字，形成印象的累積。「同名異實」指的是一個詞彙產生與本義不同的詞義，通常會在歷史的推移與社會演變當中逐漸成形，又被稱爲「同形詞」、「多義詞」、「歧義詞」、「同詞異義」、「一詞多義」、「異用同名」、「異類同名」等。而就其所指的現象，包括詞義擴大、縮小、轉移、譬喻、假借等。[4]用於檢索的狀況來說，我們如果想統計唐詩中最常出現的顏色，我們可能會怎麼做？找《全唐詩》的資料庫，在檢索的欄位鍵入預

[4] 劉怡如：《全球華語詞典同名異實詞語之探究》，國立成功大學碩士論文，臺南：國立成功大學，2014。

設的幾種顏色字，比如「紅」、「黃」、「青」、「白」，結果發現「青」字出現的次數高於其他，因此就會獲得「青」是唐代詩人最愛用的顏色。但是「青」字可能是「青山」的「青」，也可能是「青絲」的「青」，如果我們粗糙的截斷前後綴字，就會產生統計上的誤差。

同樣的狀況，還有可能出現在各種透過搜尋引擎統計資料的狀況。但是往往受限於時間、精力，我們便逐漸允許偏差值的存在，依然故我地採用這種簡單的方式整理資訊、吸收新知。因此在數位時代，我們的學習並非在和電腦比賽記憶力，而是應該致力於訓練我們的思維，釐清海量資訊中的推論正誤，這正是閱讀思辨課程欲養成的核心素養能力。

最後請循其本，回歸到本章的主題。如果上述《論語》、《孟子》的統計數據不是完全可靠，那麼孟子究竟是不是孔子的繼承人呢？我想，字頻統計數據提供的只是一部分的觀察角度，繼承的核心價值並非只在字詞的沿用上，而是在詮釋發揮的思想薪傳。同樣的道理不禁讓人延伸思考，孔子既然是華人文化的最大公約數人物，那麼華人彼此之間又有什麼共同的繼承呢？我想，海外華人不論身處在何方，必定曾經有個先人開疆拓土，帶領我們落地生根。那麼本來就身無恆產的移民社會，在時移世易、滄海桑田後，我們各自對於先人的繼承重點，並非是有形資產，而是共同的文化記憶，還有那大無畏的航海王精神。

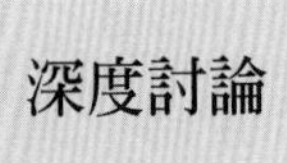

深度討論

分析型問題	1. 請試著分析表1-3中本文尚未分析的字頻，說明其意義。 2. 爲什麼孟子一般被認爲是孔子繼承人？
歸納型問題	1. 孟子和孔子的思想有什麼相同處？ 2. 學說的繼承人要有哪些要件？如何才能證明學術思想薪傳的痕跡？ 3. 面對大量同名異實的詞彙，該怎麼歸納才能提高正確率？
推測型問題	孟子爲什麼要在孔子之後，提出民本思想？如果您是孔子繼承者，您認爲今天儒家的核心思想應該新增什麼呢？
感受型問題	1. 孔子打破了貴族壟斷知識的狀態，在教育普及、知識不再被世襲的今日，您認爲社會階層是否仍然被複製？ 2. 孔子周遊列國，挑戰了貴族教育的模式。而數位時代MOOCs及各種線上課程的出現，是否挑戰名校文憑的價値？爲什麼要讀大學？而學習者又該如何增進自學力？
連結型問題	《論語》中的「君子」，可以指「在上位者」，也可以指有德行的人。如果重新將這二者用「君1」、「君2」的代碼重新統計，可能會獲得什麼樣的結果呢？

數據探索

我們不妨停下來思考一下，如果一份數百頁以上的文件，您該如何整理「異名同實」、「同名異實」詞彙的數據呢？

思辨主題：

媒體敘事的角度如何影響讀者

第二章

最遙遠的距離：孔子因材施教與孔廟策展任務

用關鍵字搜尋資訊並不全面，還必須仰賴前後文才能夠釐清狀況。那麼，如何能夠利用電腦，快速在作品中找到同一個人出現的相關段落？

孔廟是華人文化與儒學傳播的象徵

孔子去世之後，魯國國君在孔子的家鄉建設孔廟，以紀念他對於教育的特殊貢獻。經過了三百多年的朝代更迭，漢高祖劉邦過魯，不忘以太牢祭祀孔子，傳至漢武帝，他罷黜百家、獨尊儒術，遂將祭孔定制。

孔廟大規模的興建，始於唐太宗下詔：「天下學皆各立周、孔廟。」孔廟遂與各地的官學結合，成爲官方教育的象徵。隨著儒學的傳播，包括日、韓、越皆興建孔廟；甚至近代伴隨著華人的移民，在一些非漢字文化圈的地方，也開始興建孔廟。因此，孔廟可以視爲儒學傳播、華人文化的集散地。

臺灣孔廟的興建與發展，也和官學息息相關。臺灣最早的孔廟建於明鄭時期，當時的參軍陳永華認爲復國的前提必須有大量的人力資源庫，因此建議鄭經在當時的首都臺南興建孔廟，以興官學。到了清領時期，臺南孔廟形制幾經沿革，形成今日大致的規模。而根據《大清會典》記載，凡省、府、州、縣治所在地，皆需設孔廟，因此在臺南孔廟竣工後，臺灣各地亦多建有孔廟。日治時期因爲孔廟官學功能喪失，部分孔廟失修遭拆毀。

清代皇帝登基或祭孔皆會頒布御匾到孔廟。目前臺南孔廟保存自康熙到光緒的御匾。1945後，舊式科舉已然廢除，孔廟已經失去官學的功能，但仍是中華文化教育薪傳的象徵，因此歷屆總統也會在就職後，鑄造匾額懸掛於孔廟大成殿上。所以臺南孔廟自清領時期迄今，共保存有康熙、雍正、乾隆、嘉慶、道光、咸豐、同治、光緒、蔣中正、嚴家淦、蔣經國、李登輝、陳水扁、馬英九、蔡英文等人的匾額，其重要性可見一斑。

孔廟的主建築爲大成殿，採取《孟子・萬章下》「孔子之謂集大成」[1]的意義。走進孔廟，除了可以看見歷任統治者的匾額外，當然最重要的是孔子的神位。不同於一般廟宇充滿楹聯，大成殿中除了孔子神位外，就是兩旁配祀者的靈牌。那麼這些配祀者是誰呢？

四科十哲是最早的配祀者

孔子門下弟子三千人，成名者有七十二人。我們知道《論語》的作者是孔子弟子與再傳弟子，形式爲語錄體。換句話說，《論語》是孔子弟子們記錄老師上課言行的紀錄，類似上課的筆記。由於這樣的性質，《論語》中被記錄下來的不只是孔子的思想學說，還包括他與弟子之間的互動過程。孔子的成名弟子雖然有七十二人，但是他們不完全繼承孔子執教鞭的工

1 漢・趙岐注；宋・孫奭疏；清・阮元校勘：《孟子正義》（臺北：藝文印書館，2001.12影印嘉慶二十年江西南昌府學刻本），p176-2。

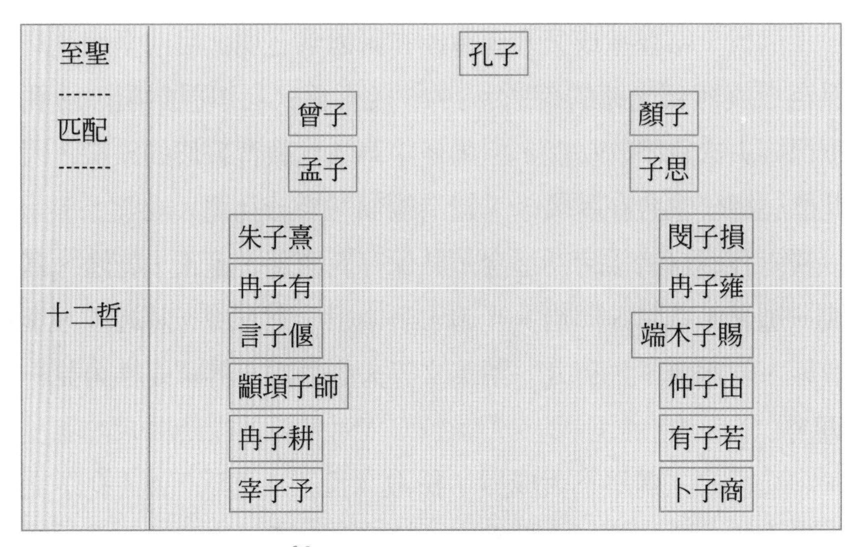

圖 2-1　孔廟配祀圖

作，也因此並不是成名弟子都有其代表著作。如果我們想要知道孔子的成名學生有何特色，最主要能依據的文本還是《論語》。司馬遷《史記》中有一篇〈仲尼弟子列傳〉，根據日本學者瀧川資言考證，所依據的史料基本還是依循《論語》而來。

孔子成名弟子的特色，基本以《論語・先進》篇的一則紀錄爲代表：

> 德行：顏淵、閔子騫、冉伯牛、仲弓；言語：宰我、子貢；政事：冉有、季路；文學：子游、子夏。[2]

《論語》將孔子知名弟子分爲德行、言語、政事、文學四類。

2　魏・何晏集解；宋・邢昺疏；清・阮元校勘：《論語正義》（臺北：藝文印書館，2001.12 影印嘉慶二十年江西南昌府學刻本），p96-1。

德行指道德修養，言語是表達辭令，政事是經世致用的治世才能，文學在先秦時則非指詩詞歌賦，而是整體學術的代稱。一般而言這四類被稱爲孔門四科十哲，《論語》在各科之下舉出代表人物共十人。《史記》的〈仲尼弟子列傳〉基本也是依循這四大分類展開敘事，在講完四科十哲後，才補充其他的弟子。

回到配祀的問題，孔子的神位配祀者是誰？今日孔廟大成殿可見的配祀者，一共有十六人。根據《文獻通考．學校考》，最早在三國曹魏時，就以顏淵配享孔子。顏淵是《論語》中常被孔子提及的學生，是孔門的模範生，孔子甚至曾與子貢表示自己也不如顏淵，[3]可以說顏淵是孔子最得意的門生。然而顏淵早夭，並沒有留下代表著作或政績，只能在《論語》與孔子的互動中，讓後世想見其爲人。孔子在《論語》中對顏淵的讚美，偏愛是顯而易見的，也讓顏淵成爲最早配祀的弟子。

後來在唐玄宗開元三年（720）時，上述〈先進〉篇提到的四科十哲除顏淵外，也被安排配祀在孔子靈牌左右兩側。唐代的配祀靈感，除了這十哲是孔子門下知名弟子外，其實不可忽略〈先進〉篇在提出四科十哲之前，其實還有一句：

子曰：「從我於陳、蔡者，皆不及門也。」[4]

---

[3] 《論語．公冶長》：「弗如也！吾與女弗如也。」魏．何晏集解；宋．邢昺疏；清．阮元校勘：《論語正義》（臺北：藝文印書館，2001.12 影印嘉慶二十年江西南昌府學刻本），p43-1。

[4] 魏．何晏集解；宋．邢昺疏；清．阮元校勘：《論語正義》（臺北：藝文印書館，2001.12 影印嘉慶二十年江西南昌府學刻本），p96-1。

孔子周遊列國時，曾在陳、蔡邊境講學，當時碰上吳國出兵攻打陳國的戰爭，而被困於陳、蔡邊境。當孔子困於陳蔡時，身邊有其十位知名弟子，後來弟子各有發展，多不在孔子身邊，因此孔子才發出「皆不及門」的感嘆。唐朝時根據《論語．先進》夫子的慨嘆，還原歷史現場，將十位弟子送入孔廟，在大成殿中配祀孔子兩側。除了讓他們常伴孔子左右外，同時也因爲四科十哲的分類，肯定其地位。

四聖的地位提升

五百年後的宋朝，到了宋神宗元豐七年（1084），新增孟子進入配祀的人物。孟子，如同前章我們討論的，宋代理學家認爲孟子是繼承發揚儒學的關鍵人物，因此儘管二人相差一個戰國時代，但是就學說薪傳而言，當然要將孟子配祀在孔子身邊。南宋度宗咸淳三年（1267），再加入曾子和子思二人。這二個人雖不在四科十哲之列，但與孔子淵源頗深。曾子是孔子門下負責學術傳承的知名弟子，相傳著述有《孝經》、《大學》二書，孔子的孫子子思就是曾子門下弟子。而子思除了孔子孫子外，相傳也繼承家學淵源，著有《中庸》一書，因此曾子、子思二人雖未陪伴孔子周遊列國至陳蔡之郊，但根據薪傳意義而言，理當配祀於孔子兩旁。因此在南宋的新增配祀人員中，加入了上述三人，再結合原有的顏淵，四聖的配祀已然成形。

配祀十二哲的確立

在南宋之後，一直到清朝又再一次新增了大成殿中配祀的人物。這次被新增的人物爲有若、朱熹、子張三人。有若或稱有子，《孟子．滕文公上》曾提到一段孔子去世後的軼事：

> 昔者孔子沒，三年之外，門人治任將歸，入揖於子貢，相嚮而哭，皆失聲，然後歸。子貢反築室於場，獨居三年，然後歸。他日，子夏、子張、子游以有若似聖人。欲以所事孔子事之，彊曾子。[5]

據《孟子》記載，孔子過世之後，門下弟子皆爲之守喪三年。待三年期滿除服時，弟子們仍不捨師生之情，彼此大哭一場後才離去。其中主持治喪的子貢卻沒有離開，自己到孔子的墓旁又蓋了一間小屋，繼續陪伴老師三年才離開。子貢是儒商的代表，與陶朱公范蠡齊名。子貢經商有道，富甲一方，卻甘心居陋室節約飲食日用爲夫子守喪前後六年，其尊師之情，可見一斑。而根據《孟子》記載，在孔子過世之後，除了弟子們眞情流露的守喪之外，有一天他們認爲有若的神情頗似老師，感性的希望能夠將之作爲老師的替身，結果被曾子理性的制止。因此我們可以推知，有若除了長相外，應該在行爲舉止上也繼承了某些孔子的特色。從這點上而言，將有若配祀進大

---

[5] 漢．趙岐注；宋．孫奭疏；清．阮元校勘：《孟子正義》（臺北：藝文印書館，2001.12 影印嘉慶二十年江西南昌府學刻本），p98-2。

成殿，也還算合理。那麼南宋的朱熹爲什麼也被加入大成殿中呢？這與科舉考試有關。

隋唐開科舉取士，在一定程度上開啓了平民入仕的途徑。發展到宋朝，科舉考試的規則逐步成熟，成爲後來明清取士的基本模式。唐代的科舉分爲進士科與明經科，明經科中考經書，將經書分爲大、中、小經，考生必考《孝經》、《論語》，其餘自選考試經書，有時還加試《老子》、《爾雅》。宋代科舉除了進士科考策論外，也繼承唐代的明經科，考九經、五經、三禮、三傳等科。南宋時朱熹將《禮記》中的《大學》、《中庸》與《論語》、《孟子》並列，並爲之作注，成爲《四書章句集注》。元代科舉盛行朱子學，明清時期八股文取士，分童試、鄉試、會試、殿試，在初級的童試時只考《四書》，清朝時更規定以朱熹《四書章句集注》爲官方指定本，因此朱熹成了儒學一錘定音的詮釋者，根據其重要性，當然可以配祀進大成殿之中。而子張也是孔門成名弟子，根據《韓非子．顯學》記錄，在孔子過世後，下開子張儒學派。《孟子》曾以「子夏、子游、子張，皆有聖人之一體。」將其與子夏、子游並稱，因此一起與其他諸門生被配祀成爲十二哲。

國學 Tips：科舉考試與朱子學

- 科舉制度起源於隋、唐，定制於宋朝，而元朝是確定考試從五經轉向四書的關鍵。元代窩闊臺以儒治國，命楊惟中、姚樞於 1238 年建太極書院，請趙復主講程朱理學。當時作孔孟至程朱的《道統圖》；又編選朱子門徒五十三人爲《師友圖》，朱子學正式成爲元代的官學，並且被明、清所沿襲。

- 明清科舉考試同中有異，大致以八股文爲答題的形式，而考試類型則以童試爲初級考試，考試內容爲四書義，合格者爲「生員」，俗稱「相公」、「秀才」。接著考鄉試，內容爲四書、五經各擇一，合格者爲「舉人」。再來進京考「會試」和「殿試」兩關，「會試」仍是考四書、五經各一種，「殿試」則沒有範圍，多從時務命題。合格者則爲「進士」。

根據《論語》重新挑選配祀者

因此，今日大成殿中的配祀者，包括顏淵、孟子、曾子、子思的四配，以及其他十二哲，就是根據上述歷史進程形成的。換句話說，這些配祀者的挑選是在漢、唐、宋、元、明、清的時空背景下完成的。如果我們是孔廟的策展人，要重新根據現當代意義來選擇孔子弟子中配祀的十人，那麼應該如何選擇？其先後次序該如何安排？

要進行上述工作，首先必須理解孔子門下成名弟子的言行。如果我們想要快速找到一本書中每個人物角色所在的位置，將他們挑選出來，類聚群分，該怎麼辦？由於語錄體的形式，孔子的成名弟子也散見在《論語》的各個章節之中。如果我們取得《論語》的全文電子檔，不論是文書軟體的操作或是文獻資料庫網站，您可能會很直覺的採取「搜尋」關鍵字的功能。但是上一章已經說過，在中文的敘事過程中，常常出現異名同實的狀況，就《論語》中弟子出現的狀況而言，常常會有稱本名、稱表字的狀況，例如顏淵，有稱爲「顏淵」、「顏回」、「回」三種狀況，那在檢索資料時如何快速搜尋，以便找到最完整顏淵相關的段落？

古人字號的異名同實歸納方法

首先，我們必須告訴電腦斷詞後的「顏淵」、「顏回」、「回」這三個詞的概念相等。電腦科學中有一個重要的概念叫做「正則表達式」（Regular Expression），又稱爲正規表示式、正規表達式、正規表示法、規則運算式、常規表示法等。不管它被稱爲什麼名稱，基本上就是您與電腦溝通的指令規則。就上述三個詞「顏淵」、「顏回」、「回」，在已斷詞的文本中，不管出現哪一個都是表達顏淵，因此就語言上表達，是「或」的說法；用圖示來說，是數學聯集的概念；以正則表達式而言，就是「/」。也就是說用口語表達，「顏淵」或「顏回」或「回」都是指顏淵，而告訴電腦的正則表達式就需鍵入「顏淵/顏回/回」。

什麼時候要用到正則表達式？許多文本資料庫、語料庫的檢索方式除了單一關鍵字外，進階檢索功能其實常常都建立於電腦語言邏輯上，比如中研院平衡語料庫採用 CQP 檢索（Corpus Query Processor, CQP）就是類似的概念。因此明白基礎的電腦語言，讓您在檢索資料庫時鍵入正確的搜尋指令，是能讓您整理資料事半功倍的方法。

當然，如果您可以自建語料庫，您也可以用同類詞標籤的方法一次告訴電腦這些異名同實的詞彙。以 CORPRO 庫博中文獨立語料庫分析工具[6]爲例，您可以利用語料庫中同類詞的功能，將孔子弟子的名稱各別製作成同類詞標籤，接著進行語料分析。然後使用「關鍵詞脈絡索引」功能，將弟子出現的段落一次搜尋出來。

圖 2-2 快速歸納字號影片

表 2-1 《論語》新十哲詞頻統計表

原本排序	四配十二哲 （去除孟子、子思、朱熹）	詞頻	新十哲	詞頻
1	顏回	33	子路	55
2	曾參	17	子貢	43
3	子路	55	顏回	33
4	子貢	43	子夏	23
5	子夏	23	曾參	17

6 闕河嘉、陳光華：〈庫博中文獨立語料庫分析工具之開發與應用〉，在項潔（編）：《數位人文研究與技藝第六輯》（臺北：國立臺灣大學出版中心，2016），p285-313。

原本排序	四配十二哲 （去除孟子、子思、朱熹）	詞頻	新十哲	詞頻
6	言偃	8	子張	10
7	冉雍	7	言偃	8
8	宰予	7	冉雍	7
9	閔子騫	5	宰予	7
10	冉求	1	閔子騫	5
11	冉耕	1	冉求	1
12	有若	0	冉耕	1
13	子張	10	有若	0

製表來源：作者製表

我們在第一章中，習得「詞頻」的概念，如果我們用詞彙的頻率視爲孔子對弟子的重視，那麼，我們就會獲得上表2-1的統計表。表2-1是以今日孔廟四配十二哲爲基礎，先列四配、再排十二哲，扣除掉《論語》中不曾出現的子思、孟子、朱熹三人，其餘與孔子生命有交集的十三人。然後依照同類詞標籤，統計其於《論語》一書中出現的詞頻高低。不難發現，儘管顏淵、曾子爲四配，地位應高於十二哲，但是就詞頻而言，子路才是《論語》中最常出現的弟子，其次是子貢，然後才是顏回。然而我們在上一章中也知道，光是依靠詞頻統計是危險的，也就是出現最多次的弟子，未必是孔子心目中的第一。比如孔子常常在《論語》中提到宰我，但每次提到宰我幾乎都是訓斥。究竟在常出現在《論語》中的弟子，是孔子因爲喜愛不可一日無此君？還是在其身邊卻不被愛的最遙遠距離？建議如果利用語料搜尋合併同類詞標籤，還是必須按圖索驥，匯出詞彙段落所在文本，透過文本細讀，根據上下文，討論孔子對於該弟子的態度，才能排定先後次序，完成策展任務。

根據詞頻高低統計，以及就文本與孔子的互動歸納，皆是當代孔廟配祀的辦法，但除了上述兩個角度，還有沒有其他排定配祀先後次序可納入考量的標準呢？

《論語》的記錄者獨厚曾子

《論語》是孔子弟子及再傳弟子共同完成，我們在《論語》中看見孔子弟子眾生相。然而根據學者考證，《論語》中對於曾參特別冠以老師的尊稱為「曾子」，推測是曾子後人完成。那麼，曾子被提升到四配的地位，是否受到《論語》作者群尊奉曾子的影響？

表 2-2 《論語》曾子出現段落整理表

- 曾子曰：「吾日三省吾身：為人謀而不忠乎？與朋友交而不信乎？傳不習乎？」（〈學而〉）
- 子曰：「參乎！吾道一以貫之。」曾子曰：「唯。」子出。門人問曰：「何謂也？」曾子曰：「夫子之道，忠恕而已矣。」（〈里仁〉）
- 曾子有疾，召門弟子曰：「啓予足！啓予手！《詩》云『戰戰兢兢，如臨深淵，如履薄冰。』而今而後，吾知免夫！小子！」（〈泰伯〉）
- 曾子有疾，孟敬子問之。曾子言曰：「鳥之將死，其鳴也哀；人之將死，其言也善。君子所貴乎道者三：動容貌，斯遠暴慢矣；正顏色，斯近信矣；出辭氣，斯遠鄙倍矣。籩豆之事，則有司存。」（〈泰伯〉）
- 曾子曰：「以能問於不能，以多問於寡；有若無，實若虛，犯而不校，昔者吾友嘗從事於斯矣。」（〈泰伯〉）

- 曾子曰：「可以託六尺之孤，可以寄百里之命，臨大節而不可奪也。君子人與？君子人也。」（〈泰伯〉）
- 曾子曰：「士不可以不弘毅，任重而道遠。仁以爲己任，不亦重乎？死而後已，不亦遠乎？」（〈泰伯〉）
- 柴也愚，參也魯，師也辟，由也喭。（〈先進〉）
- 曾子曰：「君子以文會友，以友輔仁。」（〈顏淵〉）
- 子曰：「不在其位，不謀其政。」曾子曰：「君子思不出其位。」（〈憲問〉）

製表來源：作者製表

在表 2-2 中我們可以清楚看見，文中的曾參都被稱爲「曾子」，「子」類似於今日的「先生」，既是對前輩的敬語，也是是對老師的尊稱。在《論語》的行文中，單獨用「子」字時，就是指眾人的老師孔子。古人稱呼他人姓名的習慣，多稱他人的「字」，只有自稱時才稱「名」，因此成語「指名道姓」就是意指直呼他人姓名是失禮的行爲。如《論語．顏淵》記載顏淵問仁的段落，在孔子教導他「非禮勿視，非禮勿聽，非禮勿言，非禮勿動」的概念後，紀錄如下：

> 顏淵曰：「回雖不敏，請事斯語矣！」[7]

顏回，字子淵，《論語》紀錄稱他的「字」，爲顏淵，而對話中顏淵自稱「回」，即是其「名」。如同顏淵一樣，《論語》稱孔子其他弟子時，多稱其表字，如季路、仲弓等，但稱曾參

---

7 魏．何晏集解；宋．邢昺疏；清．阮元校勘：《論語正義》（臺北：藝文印書館，2001.12 影印嘉慶二十年江西南昌府學刻本），p106-1。

時，卻以「曾子」稱之，明顯與其他弟子不同。因此學者根據這樣的用字習慣，認爲今日我們所見的《論語》作者，應該是出自於曾參後人。而在表 2-2 中，我們除了可以觀察稱呼的特色外，也不難發現幾乎都是讚美曾子之辭。那麼，在孔子與曾子的互動中，難道眞的都是稱美與嘉許嗎？

西方近代史學的重要學者蘭克（Leopold von Ranke），強調歷史敘事必須盡可能的客觀，才能接近歷史眞實。然而經過了一段時間的提倡之後，歷史學派的學者也不得不承認，並不存在「眞空」的歷史，所有被記錄下來的史料都受到了記錄者敘事角度的影響。對於材料的剪裁本身就是觀點，因此在閱讀任何歷史文本，都不可能獨立於述史者之外。因此，如果用這樣的概念來思考《論語》中對曾子的敘述，當然有「爲尊者諱，爲親者諱，爲賢者諱」[8]的可能，導致我們看見《論語》中的曾子，是完全正面的形象。

敘事者觀點無所不在

這種敘事者對閱讀角度的影響，在任何一部「人」所寫成的作品中都有所反應。如陳壽《三國志》以曹魏爲正統，羅貫中《三國演義》則以蜀漢爲正統，因此在羅貫中筆下的謀臣，蜀漢陣營的諸葛亮足智多謀卻忠心耿耿，而曹魏的司馬懿和東吳的周瑜卻呈現出雖有智謀，卻猜忌狹隘的形象。而上述三位謀臣如果您檢閱陳壽的《三國志》，可能又會閱讀出不同

8 《公羊傳》，《斷句十三經經文》（臺北：開明書店，1991 臺六版），p18。

的形象。這種敘事者引導敘事內容，引導讀者判斷的狀況，不獨出現在文史哲著作之中。在我們日常所處的時空，更是所在多有。以新聞爲例，一篇新聞稿字裡行間的遣詞用字，就有記者主觀的好惡。而有時看似客觀的數據表格，其實也藏有媒體識讀的例證。您能否利用同一個新聞事件，蒐集不同的媒體報導，觀察分辨出客觀事實和主筆者主觀的敘事角度呢？

閱讀文本容易受到敘事者的角度影響，在知識爆炸的時代，網路各種型態的資訊，都是透過「人」所完成，因此皆無法超然於敘事者之上。我們面對數位世界大量的信息，可以借助數位邏輯快速檢索到我們要的資料，但是如何適當的類聚群分以突顯主題，如何降低干擾整理出數據眞相，才是在數位時代應當持續精進的人文技能。

深度討論

高層次思考問題	分析型問題	1. 表 2-1 的新十哲合理嗎？如何證明他們是最適合配祀在孔廟的人？請根據《論語》文本中孔子與他們的對話，分析他們與孔子的互動。 2. 如果您是孔廟策展人員，您要如何安排多少人的配祀名單？您可以從《論語》或儒家、道統等發展史思考，訂出新的配祀名單，並說明選擇的標準與理由。
	歸納型問題	1. 誰是孔子最愛的弟子？ 2. 孔子門下弟子三千，成名者七十二人，究竟配祀的標準是什麼？最愛？最有成就？還是其他呢？

	推測型問題	有人說「愛的相反不是恨，是冷漠」，也有人說「愛之深責之切」，表達情感的方式各式各樣，在《論語》中與宰我有關的篇章不多，但都是被孔子罵，您認爲孔子究竟是愛宰我還是討厭宰我？
支持性討論	感受型問題	人對死亡的想像各有不同，秦始皇用兵馬俑打造不朽的帝國，人們用孔廟配祀建立儒學的道統。如果您可以預先選擇，您希望您死後陪伴著您的是什麼人或物？爲什麼？
	連結型問題	1. 因材施教是孔子教育的核心方法。《論語》中有許多不同弟子「問仁」的段落（見本章補充文本），請詳細閱讀原文，查閱各弟子身分背景，思考孔子與弟子問答間有教無類、因材施教的方法。 2. 孔廟除了在大成殿中，配祀有四配十二哲外，大成殿兩側通常還有「東廡」與「西廡」，其中供奉先賢和先儒，包括先賢周敦頤、程顥、張載、邵雍等；以及先儒董仲舒、諸葛亮、韓愈、司馬光、范仲淹、文天祥、歐陽脩、黃宗羲、顧炎武等人，爲什麼他們被放入「東廡」與「西廡」？標準是什麼？

數據探索

在本章中，我們知道可以利用數位指令快速檢索「異名同實」的詞彙，不同的系統的指令代號或有不同，但概念大同小異。比如 Google Search 可以用「～」一起檢索兩個相似詞，請試著用指令代號練習檢索同類詞，比較分開檢索與合併檢索所能搜尋出的檢索筆數差別。

補充文本

✧ 樊遲問仁。曰：「仁者先難而後獲，可謂仁矣。」（《論語‧雍也》）

✧ 樊遲問仁。子曰：「愛人。」問知。子曰：「知人。」樊遲未達。子曰：「舉直錯諸枉，能使枉者直。」樊遲退，見子夏。曰：「鄉也吾見於夫子而問知，子曰，『舉直錯諸枉，能使枉者直』，何謂也？」子夏曰：「富哉言乎！舜有天下，選於眾，舉皋陶，不仁者遠矣。湯有天下，選於眾，舉伊尹，不仁者遠矣。」（《論語‧顏淵》）

✧ 樊遲問仁。子曰：「居處恭，執事敬，與人忠。雖之夷狄，不可棄也。」（《論語‧子路》）

✧ 顏淵問仁。子曰：「克己復禮爲仁。一日克己復禮，天下歸仁焉。爲仁由己，而由人乎哉？」顏淵曰：「請問其目？」子曰：「非禮勿視，非禮勿聽，非禮勿言，非禮勿

動。」顏淵曰：「回雖不敏，請事斯語矣！」（《論語．顏淵》）

✧ 仲弓問仁。子曰：「出門如見大賓，使民如承大祭。己所不欲，勿施於人。在邦無怨，在家無怨。」仲弓曰：「雍雖不敏，請事斯語矣。」（《論語．顏淵》）

✧ 司馬牛問仁。子曰：「仁者其言也訒。」曰：「其言也訒，斯謂之仁已乎？」子曰：「爲之難，言之得無訒乎？」（《論語．顏淵》）

✧ 子張問仁於孔子。孔子曰：「能行五者於天下，爲仁矣。」請問之。曰：「恭、寬、信、敏、惠。恭則不侮，寬則得眾，信則人任焉，敏則有功，惠則足以使人。」（《論語．陽貨》）

✧ 宰我問：「三年之喪，期已久矣！君子三年不爲禮，禮必壞；三年不爲樂，樂必崩。舊穀既沒，新穀既升，鑽燧改火，期可已矣。」子曰：「食夫稻，衣夫錦，於女安乎？」曰：「安！」「女安則爲之！夫君子之居喪，食旨不甘，聞樂不樂，居處不安，故不爲也。今女安，則爲之！」宰我出。子曰：「予之不仁也！子生三年，然後免於父母之懷。夫三年之喪，天下之通喪也。予也有三年之愛於其父母乎？」（《論語．陽貨》）

✧ 子貢問爲仁。子曰：「工欲善其事，必先利其器。居是邦也，事其大夫之賢者，友其士之仁者。」（《論語．衛靈公》）

思辨主題：

寫作風格可能被量化計算嗎？

第三章

下筆的慣性：《史記》與《紅樓夢》續書

看不見的寫作風格如何被計算？抽象的創作調性又是如何觀察？如果我們想要刻意模仿某個人的下筆慣性，該如何著手？是否有跡可循？

什麼是寫作風格？

我們閱讀文學作品時，常常可以感受到不同作家有不同的風格。比如李白詩如其人，瀟灑飄逸；李賀詩喜歡用陰險奇字，詭異華麗。近現代作家也有各自不同的風格，比如徐志摩作品用字簡潔清新，韻律協調；張愛玲擅長精巧譬喻，筆下色彩鮮豔，意象豐富。有時，我也們也覺得某位作家寫作風格與其他作家相似。更有時，當我們動筆寫作，常常也會不經意地與喜愛的作家作品風格雷同。那麼，風格是什麼？有沒有什麼觀察、歸納的方法？

魏晉南北朝人們開始思考風格的問題，曹丕曾經評價與他同時代的「建安七子」說：「徐幹時有齊氣……應瑒和而不壯。劉楨壯而不密。孔融體氣高妙……。」[1]齊氣的解釋有多種，一般多指山東是古代中原與海接壤的邊境，盛言神仙方術，因此齊氣指的是當地隱逸、汪洋、舒緩的感受，用於寫作，便是指文章風格舒緩的特色。曹丕除了論徐幹有齊氣，也說孔融體氣高妙。這種關於氣的論述仍屬抽象，但曹丕用和、壯、密等來試著詮釋應瑒、劉楨的特點，就相對具體得多。

---

1 曹丕《典論．論文》。蕭統：《昭明文選》（臺北：三民書局，1997），p2464。

比曹丕稍晚的鍾嶸，不似曹丕用抽象形容說明風格，在他的《詩品》中，他試著將他以前的著名詩人詩歌風格以「溯源」的方式，歸納分類。如漢都尉李陵其源出於《楚辭》、漢婕妤班姬其源出於李陵、魏陳思王植其源出於《國風》等。當然，鍾嶸的繫連方法被後來許多研究者詬病，認爲過於直覺和武斷。然而，正是這樣「直觀」的方式，展現了古人對於風格的判斷，其實皆是根據個人閱讀經驗的特性。當您閱讀作品數量眾多，就容易開始有某作品與其他作品相似的感受，而這種似曾相似的熟悉感，如果逐字逐句比對，您又很難找出完全相同的字句。因此風格相近，與抄襲有根本的差別。

 用詞頻統計觀察風格

人透過閱讀經驗連結相近的作品風格，如果我們用專業儀器來檢測大腦神經元的運作，也許會有一些思考模式的新發現。然而，在沒有專業檢測儀器的輔助下，與其觀察複雜的人腦，不如討論電腦要如何判斷作品的風格？一般而言，觀察作家作品風格，會根據其遣詞造句多組的詞頻慣性判斷。

網路上有一篇關於機器學習判斷《紅樓夢》風格的著名文章，被多次轉載。[2] 我們知道《紅樓夢》是由前八十回和後四十回組成的，前八十回的作者學界公認是曹雪芹，但由於他在寫成《紅樓夢》之後，生活窮愁潦倒，導致在他過世之後，後

2　黎晨：〈機器學習告訴您：《紅樓夢》後 40 回到底是不是曹雪芹寫的？〉，《數位時代》2016.7.7。原文刊載於微信公眾號：黎小晨想太多，https://www.bnext.com.tw/article/40151/machine-learn-in-the-dream-of-the-red-chamber。2021.8.14

四十回的稿件已經亡佚消失。然而這部作品在清朝就受到大眾的喜歡，許多的作者在閱讀完《紅樓夢》之後，都曾經試著將這個故事寫完，也就是後四十回的部分，以今日所見的《紅樓夢》，最常見的版本是由高鶚續補的版本。網路上那篇根據機器學習來判斷紅樓夢作者風格的文章，採用的方法就是讓電腦自動先將全書斷詞統計詞頻，找出出現頻率超過一百次的詞語。接著人工清洗掉一些因爲情節可能前後不一的干擾詞，再將前八十回、後四十回各選十五回作爲機器學習的資料，讓電腦學習用詞特點，推算用詞特點。最後發現前八十回和後四十回的用字習慣並不一致，因此推論曹雪芹並非後四十回的作者。

上述這篇文章並不是用詞頻分析《紅樓夢》最早的嘗試作品。《紅樓夢》是古典小說經典著作，風行於全世界。文本的知名度與作品續補的特性，讓《紅樓夢》成爲詞頻統計與風格分析的知名案例。據筆者初步調查，早在 2012 年就開始有學者用文本採礦的方式，利用電腦探勘與前後綴詞的方式尋找有趣的觀察點。[3]儘管研究步驟與使用工具不同，但獲得的結論基本也是《紅樓夢》前八十回與後四十回作者風格不同。

在上述《紅樓夢》的案例中，採取分析的目標詞彙，由於要降低情節的干擾，因此幾乎都是透過觀察介詞、連接詞、助詞、嘆詞等虛詞，來進行前後對比。這和第一章《論語》、《孟子》的觀察詞選擇不同，由於第一章希望能夠比較孔子和

---

[3] 杜協昌〈利用文本採礦探討《紅樓夢》的後四十回作者爭議〉，《數位人文研究與技藝》（臺北：國立臺灣大學出版中心，2014），p93-120。

孟子的思想，因此多選用展現出思想的實詞，如禮、樂、學、民等詞。儘管之前我們也說過，單純根據詞頻統計考察作者思想並不可靠，但是這些觀察詞卻能先勾勒出一個大致的輪廓，再結合文本精讀，辨別所指，提高統計的有效性。

虛詞的使用慣性是形成文本風格的關鍵嗎？如果假設成立，那麼用虛詞進行不同作家作品的分析，應該可以獲得風格的區別。除了上述《紅樓夢》的例證，能不能用類似的方法分析其他作品風格問題呢？

 用虛詞看《史記》篇章作者

以《史記》為例，[4]《史記》成書於西漢武帝之時，一般而言，我們都會說作者是司馬遷，然而，《史記》的作者實際包括了司馬遷及他的爸爸司馬談二人：

> 是歲天子始建漢家之封，而太史公留滯周南，不得與從事，故發憤且卒。而子遷適使反，見父於河洛之閒。太史公執遷手而泣曰：「余先周室之太史也。自上世嘗顯功名於虞夏，典天官事。後世中衰，絕於予乎？汝復為太史，則續吾祖矣。」[5]

漢武帝希望封禪泰山，當時的太史令司馬談反對這樣的作法，

---

4 邱詩雯〈《史記》作者數位化研究初探——以三十世家虛字字頻為例〉，《數位典藏與數位人文》，2，2018.10，49-69。

5 司馬遷〈太史公自序〉，漢．司馬遷：《史記》（北京：中華書局，1982 二版），p3295。

漢武帝一怒之下，命令司馬談留下，不能繼續伴駕出行。司馬談見皇帝不聽勸，自己又受此羞辱，悲憤交加，一病不起。當時遊歷在外的司馬遷返回父親司馬談所在之地，臨終時父親交代他必須繼承先人的遺志，完成《史記》。這段話出自〈太史公自序〉，是司馬遷在完成《史記》一書後對寫作背景的介紹，因此可知，《史記》的底稿並非司馬遷無中生有，而是司馬遷家族歷代累積的成果。而根據學者考證，除了司馬遷之外，《史記》最重要的作者還包括司馬遷的父親司馬談。

國學 Tips：史官的職責與薪傳

史官的職業非常古老，在商代的甲骨文中就有「史」這個字，並且按照甲骨文記事的文例，可以知道史官除了歷史記錄者之外，在商代還負責占卜，是商王身邊的重要文官。根據《周官》、《禮記》的紀錄，古代的史官有太史、小史、內史、外史、左史、右史之名。太史掌國之六典，小史掌邦國之志，內史掌書王命，外史掌書使乎四方，左史記言，右史記事。史官掌握知識，又是統治者身旁的重要文官，因此這項職業常常是父傳子的世襲狀況。到了漢代，司馬遷家族便是世襲的史官之家，他在〈報任安書〉中提到：「僕之先人，非有剖符丹書之功，文史星曆，近乎卜祝之間，固主上所戲弄，倡優畜之，流俗之所輕也。」除了說明家族世襲史職的狀況外，也證明了到了漢代，史官仍主管歷史記錄和天文星曆，因此《史記》之中除了歷史紀錄外，還有載明曆法的〈曆書〉，以及說明星象的〈天官書〉。《史記 · 太史公自序》：「遷為太史令，紬史記、石室金匱之書，」根據司馬遷的記錄，我們可知《史記》的資料來源包括了前人記錄的底稿，因此《史記》成書，實際是繼承先人的遺志與紀錄而成。即便到了東漢編纂西漢斷代史的《漢書》，雖然記名作者為班固，但實際也是由班彪、班固、班昭家族三人接力完成。到了魏晉南北朝，私家修史大為盛行，逐步打破史官傳統。唐代開立史館，召集眾多大臣共同修史，官修史書成於眾手，史官的薪傳也不再只是世襲的途徑。

今日所見的《史記》，一共五十二萬六千多字。除了司馬談、司馬遷，也有部分章節如同《紅樓夢》一樣，因為遺失而由後來史官褚少孫增補。褚少孫是個負責任的續書者，在他續修的段落開始之前，他都會以「褚先生曰」開頭，以區隔原本的底本。因此只要用「褚先生曰」作為關鍵字，前後區隔，就能很快過濾出增補的部分。

尤畔父黃帝涉江上書至意拜為大鴻臚征和四
年為丞相封三千戶至昭帝時病死子順代立為
虎牙將軍擊匈奴不至質誅死國除 漢書音義曰質可期處也
右孝武封國名
後進好事儒者褚先生曰太史公記事盡於孝武
之事故復修記孝昭以來功臣侯者編於左方令
後好事者得覽觀成敗長短絕世之適得以自戒
馬當世之君子行權合變度時施宜希世用事以

圖 3-1 《史記》書影

然而不同於褚少孫，司馬遷並沒有區隔自己寫作與司馬談的寫作章節，導致要從今本《史記》區分司馬談與司馬遷所做章節段落，並不容易。幾位前輩學者曾經用傳統文獻學的校勘方法試圖還原。如知名史學家顧頡剛先生根據〈趙世家〉贊語中有一句「吾聞馮王孫曰」語，考證馮王孫是指馮遂，漢武帝登基時（西元前 141）馮遂的父親馮唐因爲九十高齡拒絕出仕，推薦改由兒子馮遂當官，按照三十年一代人的常理推論，馮遂在漢武帝登基時應該也六十歲左右，當時司馬遷才四歲，不大可能因與馮遂同朝爲官聽聞其言，因此顧詰剛認爲〈趙世家〉這句話就是〈趙世家〉爲司馬談所做的證據。

可是顧詰剛的推論，受到《史記》知名研究者李長之先生的反對。李長之認爲〈趙世家〉裡面記載有「張孟談」這個人，但是《史記》卻以「張孟同」稱呼他，明顯是爲了司馬遷爲了避諱父親司馬談的名字所做，因此〈趙世家〉的作者應該是司馬遷才是。那麼，顧詰剛和李長之的推論究竟何者正確？〈趙世家〉的作者究竟應該是司馬談還是司馬遷？在顧詰剛和李長之之後，趙生群則用《史記》根據文本中偶有「余讀世家言」一語，判斷〈陳杞世家〉、〈宋微子世家〉、〈齊太公世家〉、〈魯周公世家〉、〈管蔡世家〉、〈衛康叔世家〉六篇，應該是司馬談所寫。類似這樣的學術公案，其實很多，如果我們無法用傳統的文獻校勘研究方法取得解答，何妨試試數位人文風格分析的辦法？

我將顧詰剛、李長之、趙生群三人推論的篇章文字獨立出來，將其他被認定爲司馬遷的文章作爲對照組，利用《史記虛詞辭典》作爲統計詞頻標的，畫出圖 3-2：

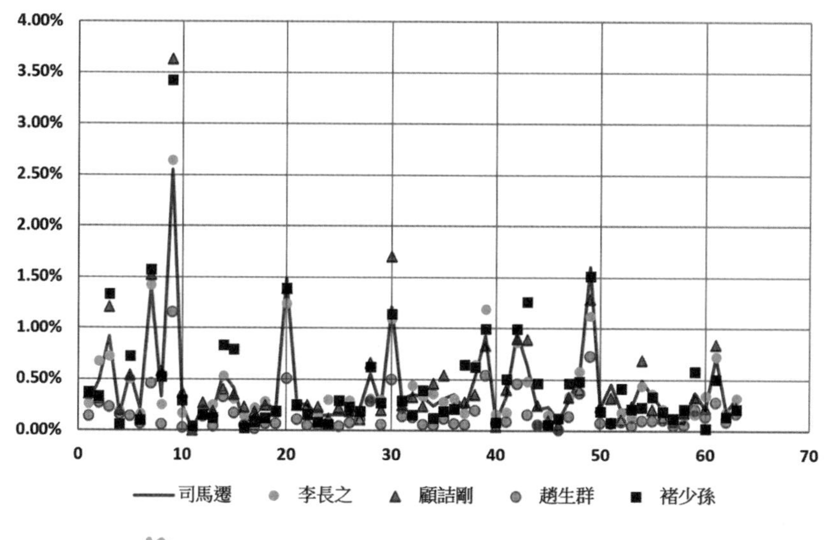

圖 3-2 《史記》世家篇章作者考據虛詞圖

圖 3-2 的折線，是司馬遷使用虛詞的習慣統計，三種不同形狀的點，則是顧頡剛、李長之、趙生群各自的推論篇章。同一個虛詞使用習慣越相近，點和線的黏著性越高；反之，當同一個虛詞使用頻率越不同，點和線較越疏離，呈現出較遠的距離。我們用這個前提觀察圖 3-2，不難發現，趙生群主張的六篇世家，和司馬遷的用字風格較不同，與之相較，顧頡剛和李長之所主張的部分，差異性則無法從圖 3-2 明顯觀察出來。因此就詞頻統計文章風格的方法而言，趙生群所主張六篇世家成於司馬談的說法較可信。

然而，顧頡剛的年歲推算和李長之的避諱分析雖然在虛詞統計上並沒有辦法獲得證實，卻不完全表示二人的推論是錯誤的。因爲就《史記》的例子而言，並沒有將司馬遷加工父親司馬談手稿的可能狀況考慮進去，會變成今日所見同時存在「吾聞馮王孫曰」的說法，可是同時又因避諱寫「張孟談」成「張孟同」的現象。而這種經過改寫的文字，透過虛詞詞頻統計，自然沒有辦法觀察出明顯的區隔。

更重要的是，有時同一作者在書寫不同對象時會刻意使用不同的行文風格，如《史記》寫緊急的事或戰爭往往用短句，寫幽怨的情調時會使用語末助詞，寫酷吏寫的像判決書，寫神秘人物也故作神秘語。因此就詞頻統計判斷風格，用以推論作者的方式，其實只可以作爲證據之一，並不能由此就一錘定音。

模仿、代筆時風格的一致性

上述《紅樓夢》和《史記》的討論，都是在觀察風格的差異。接下來我們來談談風格雷同的問題。運用數位人文風格分析，能否能夠觀察出「模仿」的痕跡？如果一個作者刻意模仿另外一個作者的創作風格，在詞頻風格分析時是否也會呈現出雷同的效果？我舉金庸《天龍八部》爲例。眾所周知，金庸的武俠小說最早發表於《明報》，以報刊連載的形式刊登，然後才結集出版成單行本。然而 1965 年《天龍八部》連載期間，金庸曾經赴歐洲旅遊一個多月，當時沒有網際網路，資訊傳遞不易，因此面對斷稿的危機，金庸選擇私下找人代筆。金庸曾在三聯版《天龍八部》的〈後記〉提及此事，[6] 而他找來代筆的人，也是後來的科幻小說家倪匡。

根據金庸〈後記〉說明，倪匡代筆的部分，是在主線情節

---

6 金庸〈天龍八部後記〉，《天龍八部》（臺北：遠流出版社，1996），頁 2126。

中，一個獨立的故事，一共四萬多字。但是關於代筆的章節，金庸本人並沒有透露範圍，只說出修訂時將幾個獨立故事刪除了。而倪匡曾在《我看金庸小說》書中，提到他代寫了三四十天約六萬字，並且「將阿紫的眼睛弄瞎了！」[7]目前可見《天龍八部》的三個主要版本，第一個爲報刊連載版，保留 1963 年 9 月 3 日到 1966 年 5 月 27 日的連載內容。第二個版本爲金庸 1980 年的修訂版，分別由遠景、遠流出版社，三聯出版社等發行。第三個版本是 1999 年再度修訂的「世紀新修版」兩岸三地由大陸廣州出版社、臺灣遠流出版社、香港明河社出版。根據倪匡的說明，大致可以推測其代筆的部分，是舊版《天龍八部》阿紫眼瞎前後章回。則根據阿紫眼瞎，再對照 1980 修訂版刪掉舊版獨立故事情節二個線索，大致可推測倪匡代筆《天龍八部》部分，爲第 89 回慕容復出場，到 95 回阿紫眼睛被射瞎，游坦之打丁春秋，胡僧奪經，游坦之打段譽四個情節[8]的支線故事。倪匡受人之託，理應忠人之事。因爲是幫金庸代筆，因此在動筆書寫之時，除了要考慮故事接續性外，當然也要刻意模仿金庸的寫作風格。不然沒兩天就被讀者們識破，代筆一事不就東窗事發？因此將倪匡於舊版代筆的上述幾個支線故事，與連載版其他回合、金庸修訂版對照，分析觀察其詞彙運用，是用來討論仿作風格分析的好對象。

倪匡雖是以科幻小說作家聞名，然而在 1965 年爲金庸代筆之時，他知名的一百多部衛斯理系列故事，僅撰成六部，屬

7　倪匡：《我看金庸小說》（臺北：遠流出版社，1991），頁 141-144。

8　https://www.zhihu.com/question/19991945

於科幻小說創作初期。與此同時，倪匡也寫武俠小說，並同步於《明報》連載。[9]1965 年倪匡爲金庸代筆，當年 10 月下旬倪匡開始寫武俠小說《劍谷幽魂》。我將《天龍八部》版本三組文字，包括「連載版 89-95 回」、「連載版其他回」、「修訂版」，以及倪匡《劍谷幽魂》作爲對照組，先斷詞再進行詞頻統計，獲得下圖 3-3 的比較圖：

差異字	了	這	道	也	在	有	又	卻	已	自己
修訂版	1.19	0.65	0.52	0.49	0.40	0.34	0.32	0.25	0.20	0.15
舊　版	1.20	0.69	0.56	0.47	0.41	0.34	0.30	0.25	0.20	0.16
疑代筆	1.68	0.43	1.07	0.58	0.51	0.26	0.38	0.36	0.31	0.32
倪　匡	2.26	0.44	0.72	0.68	0.72	0.33	0.40	0.41	0.26	0.31

單位：%

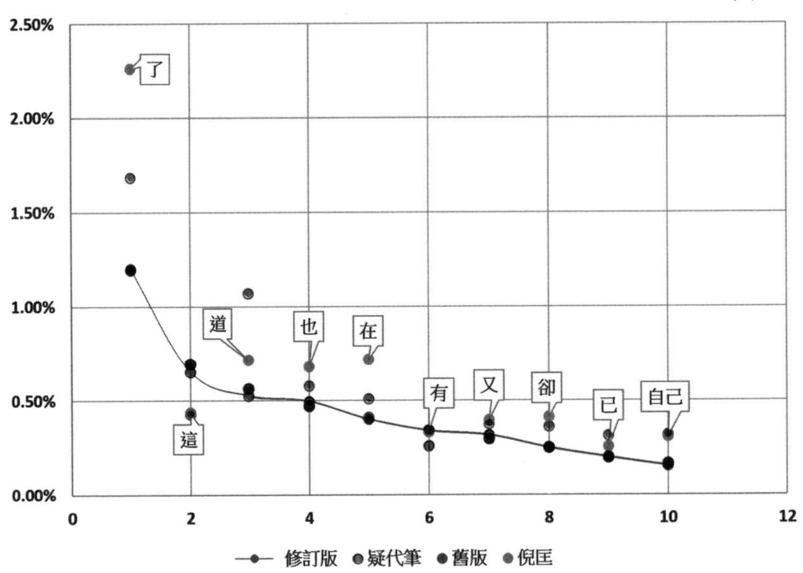

圖 3-3　《天龍八部》版本和倪匡《劍谷幽魂》詞頻對照表

9　據葉李華整理〈衛斯理故事年表〉http://www.yehleehwa.net/nni17.htm〈倪匡於明報發表的作品年表〉http://www.wiselypuzzle.com/other/writer/mingpao.html

圖 3-3 紫色的折線是修訂版的詞頻，紫色的點是連載版疑代筆的詞頻，而深灰色的點是連載版其他章回的詞頻，淺灰點表示倪匡《劍谷幽魂》的詞頻統計。不難發現，大部分深灰點呈現出緊貼著紫線的現象，換言之，連載版其他章回詞頻使用，與修訂版類近，皆爲金庸所作，符合相同作者使用詞彙慣性的假設。而疑是倪匡代筆的紫點，與表示倪匡《劍谷幽魂》的淺灰點，多數呈現淺灰點最遠離折線，紫點介於淺灰點與折線之間，這似乎說明了倪匡爲了代筆一事，刻意揣摩金庸用字，因此代筆章回詞頻較趨近金庸用字風格。

面對刻意模仿風格，除了虛詞，還有沒有其他線索？凡走過必留下痕跡，除了虛詞詞頻，在閱讀新式標點的文本時，標點符號偶爾也可立大功。在金庸與倪匡的這個例子中，「道」與標點符號的結合方式讓倪匡的模仿更清楚的被看見。在武俠小說中，「道」後面接續「：」時，表示該角色要說話。不同作家對於對話的處理習慣不盡相同，如在「道：」前，通常有前綴的文字，比如動作與心理情緒狀態的描述。反之，如果在「道：」前沒有動作，就會用「，」與「道」接續，呈現出「，道：」的形式。我統計上述連載版、疑似代筆版、金庸修訂版、倪匡《劍谷幽魂》四個版本「道：」和「，道：」的使用方式，如下表 3-1：

 表 3-1　各版本「道：」、「，道：」字出現次數表

	道：	，道：	比例
金庸修訂版	5453	681	12%
連載版	6128	1454	24%
疑代筆版	601	278	46%
倪匡《劍谷幽魂》	3212	1795	56%

製表：筆者整理製表

在「道」字的使用上，金庸與倪匡有明顯差異，金庸較喜歡與其他情緒、動作詞與「道」字連用，比如「喝道」、「說道」、「笑道」、「便道」、「叫道」，他將「道」字單獨使用，即以「，道：」形式出現者，初期約 24%，後來的修訂版更只有 12%；而倪匡「，道；」形式行文者，在《劍谷幽魂》時高達 56%，在爲金庸代筆時也約 46%，比當時金庸慣用的 24%，幾乎高出一倍。因此，用詞頻慣性來進行風格分析，儘管模仿他作時會刻意趨近該作者的某些用語，但還是難免不經意會在字裡行間露餡兒。

用電腦分析文本風格可能的侷限

在討論完用虛詞統計作品風格「異」與「同」的問題後，我們不禁要問：用虛詞、標點符號進行文本風格分析，是否還有其他使用的侷限性？我們可以用《紅樓夢》的幾種版本續書檢視。

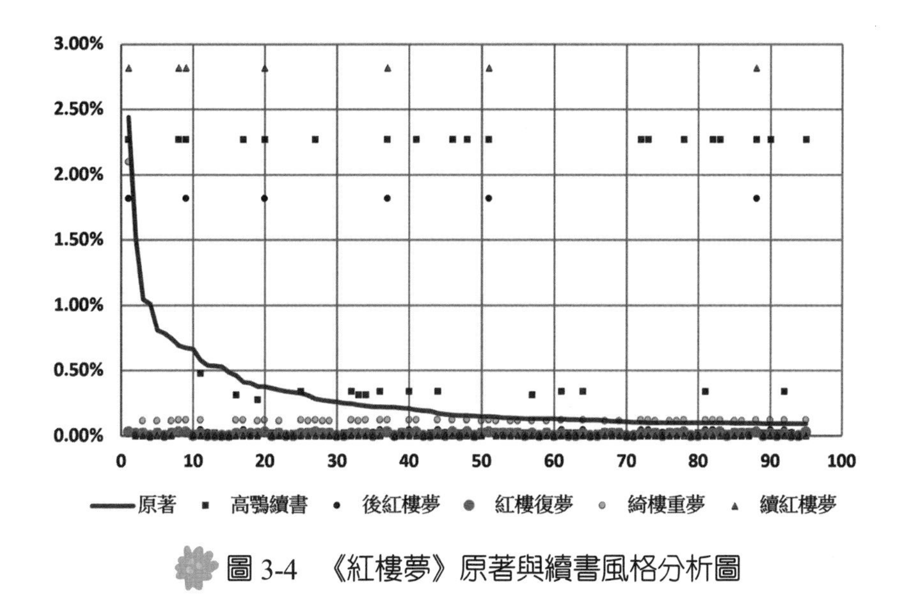

圖 3-4 《紅樓夢》原著與續書風格分析圖

前已說明，《紅樓夢》後四十回因故遺失之後，由於大受歡迎，因此續寫者眾多。今日通行的高鶚增補後四十回本，只是其中版本之一。其他著名續書版本則有《後紅樓夢》、《續紅樓夢》、《紅樓復夢》和《綺樓重夢》四種，合稱《紅樓》四夢。我們用本章風格分析的辦法，分析紅樓四夢、高鶚續書等五種對於《紅樓夢》續寫的風格，[10] 那麼可以獲得上圖 3-4：圖 3-4 和前面圖 3-2、3-3 類似，折線部分是前八十回原著部分，其他幾種續書則以不同形狀和顏色的點表示。觀察圖 3-4，不難發現如果就虛詞詞頻觀察而言，高鶚續寫、《綺樓重夢》在遣詞用字上，與前八十回較相近，其次才是《續紅樓夢》、《後紅樓夢》、《紅樓復夢》。然而續書是否續得好，

[10] 張育慈〈論紅樓夢續書誰是高仿——以詞頻、判詞分析紅樓續書為例〉，發表於「第四屆臺港大馬六校中文系大學生論文發表會」，2020.3。

除了口吻相似外，情節的接續更爲重要。《紅樓夢》由於前八十回曹雪芹用判詞預告情節發展與筆下角色結局，因此讀者們對於後四十回是否能夠承接情節，就變得有跡可循。現今通行的高鶚後四十回本，常常被紅學愛好者詬病結局充滿封建思想，扼殺了前八十回對於生命本眞的追求。

就詞頻使用來看，高鶚的確是認眞推敲過前八十回的行文風格，刻意續寫而成。然而就情節接續而言，卻不是那麼完美。那麼與之模擬風格並列第一的《綺樓重夢》又如何呢？《綺樓重夢》一書雖然爲紅樓四夢之一，但情節其實和前八十回並不相干。《綺樓重夢》情節取法《金瓶梅》，新增賈寶玉兒子小鈺，以小鈺爲中心，開展出人生故事。就情節續寫而言，《綺樓重夢》更是與前八十回失之毫釐，差之千里。因此從高鶚和《綺樓重夢》的例子可知，續寫仿作的用字相似度可以用數位人文文本風格分析工具統計高下，但文學作品中的情節接續性，電腦卻無法處理。那麼，在 1 與 0 的電腦邏輯中，作品的情節分析有沒有其他的辦法呢？

深度討論

<table>
<tr><td rowspan="3">高層次思考問題</td><td>分析型問題</td><td>1. 金庸《天龍八部》最早於 1963 年 9 月 3 日到 1966 年 5 月 27 日連載於《明報》和《南洋商報》，因爲大受歡迎，出現了許多單行本。請閱讀連載版 89-95 回，就肉眼閱讀感受，判斷是否出自同一作者，並請說明判斷的依據是什麼。
2. 圖 3-4 是《紅樓》四夢就詞頻統計的寫作風格分析，與原書的相似度相比，竟然是情節相差最遠的《綺樓重夢》風格最相近。您認爲什麼原因造成了這樣的現象？用虛詞觀察作家寫作風格是合理的嗎？有沒有其他更好的辦法？
綺樓重夢</td></tr>
<tr><td>歸納型問題</td><td>古典文學史上很喜歡評論作家作品風格，形成風格的元素有哪些？是什麼造成我們閱讀不同作家作品時，產生相似相近的風格感受？</td></tr>
<tr><td>推測型問題</td><td>《紅樓夢》原書雖然後四十回已亡佚，但是我們可以根據第五回的判詞以及情節走向，推測後來的結局。您認爲《紅樓夢》原著賈寶玉和金陵十二釵的結局應該是怎麼樣的呢？</td></tr>
<tr><td>支持性討論</td><td>感受型問題</td><td>在您過去的經驗中，有沒有模仿過其他人？當您刻意模仿某個人的創作風格時，有什麼原理原則？</td></tr>
</table>

	連結型問題	1. 文學史上有許多作家並稱的現象，比如元稹和白居易被稱爲「元白」、李白和李商隱被合稱爲「二李」。更有許多風格相近的詩派、詞派、文派，例如田園派、浪漫派、花間詞派、豪放詞派等，您能否任意選擇兩組對象，運用數位人文風格分析的辦法，嘗試觀察其風格差異呢？ 2. 同一個作者可能在人生的不同階段會有不同的寫作風格。您能否挑選一位喜愛的作家，分析其前後期的寫作風格，並且思考是否能夠用數位遠讀的方法證明它。

數位探索

除了斷詞之外，標點符號有時也可以成爲風格分析的利器。如同這一章金庸、倪匡的例子，標點符號有時是比斷詞更明顯的語氣段落。然而不同的斷詞工具會有不同的斷詞結果，就會影響後續的判斷。您能利用網路資源，找到幾種線上斷詞平臺呢？請試著找一篇文章，比較它們的判讀結果。

思辨主題：

電腦「遠讀」的利與弊

第四章

人物關係與情節分析

如果沒時間逐字讀作品，除了依賴標題猜測，是否有科學可靠的辦法？透過電腦的數據串連，角色關係、登場情節、情感轉折都將可能真相大白。

讓電腦自動讀懂小說？

運用電腦進行作品情節分析，近年來陸續有學者從事相關研究。史丹佛語言文學實驗室，近十年來做過大量試驗性研究，Franco Moretti 提出「遠讀」（Distant Reading）[1] 一詞，認爲借助電腦運算計算作品特性，是一種與傳統文本細讀分析相對新的閱讀方法。讀者閱讀作品，不再是從第一個字，逐字逐句地讀到最後一個字；而是將作品視爲一個整體的分析對象，斷字分詞，運用電腦統計分析，然後從數據繪製可視性圖像，最後閱讀者再透過數據和圖像解讀作品、得出意義。在這樣的過程中，由於閱讀者注重整體文本通覽，而非逐字逐句地精讀，猶如遠觀一般，因此被稱爲「遠讀」、「遙讀」。

更重要的是，Franco Moretti 在提出「遠讀」的概念時，曾經援引社會學的網路理論，結合文本分析，試圖探討戲劇和小說的情節結構。社會網路關係（Social network analysis，SNA）是通過使用網路和圖論來調查社會結構的過程。他把社會中的人視爲「節點」；人和人之間的關係是線，被稱爲

1 最早發表於 Moretti, Franco (2000). "*Conjectures on World Literature*". New Left Review. 1。後來出版專書 Moretti, Franco(2013). "*Distant reading*". London ; New York : Verso, 2013.

「邊」；「邊」的長度與粗細反映人際關係的親疏遠近。透過電腦運算，可以獲得各種圖像，藉此可以觀察分析人際網路社會關係的多元複雜特性。而如果把文學作品中的各種角色作爲「節點」，角色間的關係是「邊」，那麼就能觸類旁通，觀察作品情節的相關問題。

在 Franco Moretti 的提倡後，近年來華文的文史研究者，也開始結合社會網路理論，進行作品情節分析。就上一章提到的武學泰斗金庸而言，就有研究者曾針對他十五部作品，從關鍵字分析、人物關係網路與情感分析方面對小說中的三要素——人物、環境、情節進行分析，討論遠讀的特點和方法，並討論相應工具的優缺點。[2]透過這樣的閱讀實驗，作品的情節似乎就能比單純用詞頻統計關鍵字的方法更精細一些。

我就其中《天龍八部》的人物關係爲例，先說明 SNA 圖像如何呈現人物彼此之間的關聯。《天龍八部》小說的重要角色有喬峰、虛竹、段譽三人，因此這三人的節點應該會形成一個三角形，如圖 4-1。但是看過小說的人應該知道，儘管虛竹也是結義三兄弟之一，但他在全書五十回的小說之中，第二十九回才出場，所以與喬峰和段譽相比，串聯情節的重要性較低，就 SNA 圖而

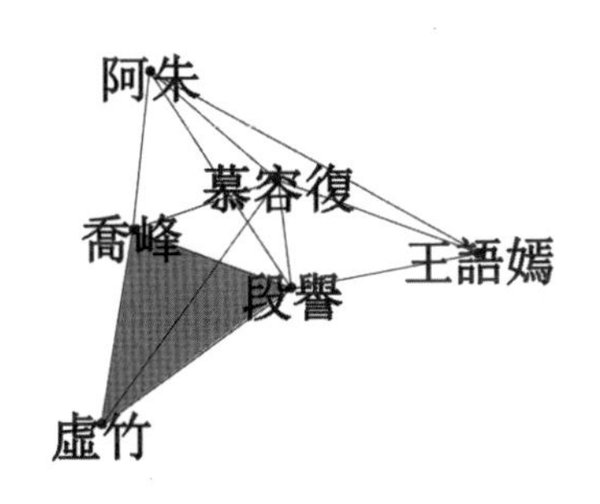

圖 4-1　《天龍八部》人物關係圖

2　郜沁清、夏恩賞、饒高琦、荀恩東：〈數位人文視角下的金庸文本挖掘研究〉，《數字人文》2020(4)。

言，三人所形成的節點，不會是等長的正三角形，而是一個近似等腰三角形的圖形。再來，除了這三位結義兄弟外，和喬峰並稱「南慕容、北喬峰」的慕容復，在與其父的復國動機驅使下，引起江湖上一陣風波，也是《天龍八部》小說重要貫穿情節的人物，因此也會是三人外的重要節點。而慕容復在小說中與三人的關係，及其共同友人的人數，會決定慕容復這個節點與三人節點的位置。段譽因爲心儀慕容復表妹王語嫣，王語嫣心中崇拜表哥，因此段譽和慕容復在小說情節發展中多有交集。而慕容復與喬峰並稱，江湖共同友人有很多，再加上慕容復的婢女、同時也是段譽同父異母妹妹的阿朱，後來成爲喬峰的伴侶，因此慕容復的關係與喬峰也不會太遠。而相較於喬峰與段譽，慕容復與虛竹的交集較少，只有後來求娶西夏公主一段情節關聯較強，其他也都是在武林大會中見面，私交較少，因此兩個節點間的距離也會較遠，呈現出圖 4-1 的狀況。而由於阿朱、王語嫣分別是喬峰與慕容復、段譽與慕容復的重要中間關係人，所以阿朱、王語嫣的節點又會各自與他們形成新的三角形。

角色間的關係反映了情節設定

通過上述例子生成的圖像，當我們接觸到其他新作品時，如果其中人物關係出現類似的圖形，我們就能夠類推出角色間的相對關係。比如圖 4-2 是電腦生成的《紅樓夢》人物關係網路圖。這張圖是運用庫博中文獨立語料庫計算出來的人物關係圖，[3]我們將小說文本中同一文字段落中出現的兩個角色，告訴電腦他們彼此有關，然後透過電腦快速執行大量反覆計算的工作，最後繪製出的圖形，就會呈現下圖的狀況。[4]由於《紅樓夢》這部小說共一百二十回，規模非常龐大，敘述的人物角色非常眾多，但是有些人物可能只是簡單提過，和其他角色互動不高，影響情節程度不大，爲了求可視性圖像的清晰，方便後來人物關係的觀察，因此已經將互動過低的人物關係線隱藏起來，只保留互動有一定程度的人物關係。

國學 Tips：《紅樓夢》的版本

《紅樓夢》的版本可分爲刻本和抄本兩種。刻本主要爲高鶚續補後 40 回的版本，稱爲「程高本」，流傳最廣。而早在曹雪芹在世時，《紅樓夢》就已經在文人圈中傳抄，舊題爲《石頭記》。其中重要的評者爲脂硯齋，包括脂硯齋「甲戌本」、「己卯本」、「庚辰本」、「戚序本」四種，但由於傳抄流通過程中，保存不易，多有遺失，四種版本皆爲殘卷。但從脂硯齋評語中，可以推知 80 回以後的故事情節走向，與今日可見高鶚續補的「程高本」有所不同。

---

3 關河嘉、陳光華：〈庫博中文獨立語料庫分析工具之開發與應用〉，在項潔（編）：《數位人文研究與技藝第六輯》（臺北：國立臺灣大學出版中心，2016）p285-313。

4 關河嘉、邱詩雯：〈CORPRO 語料庫詞彙共現關係與《紅樓夢》文本人物互動探析〉，發表於「第十一屆數位典藏與數位人文國際研討會」，臺北：中央研究院，2020.12。

圖 4-2　《紅樓夢》人物關係圖

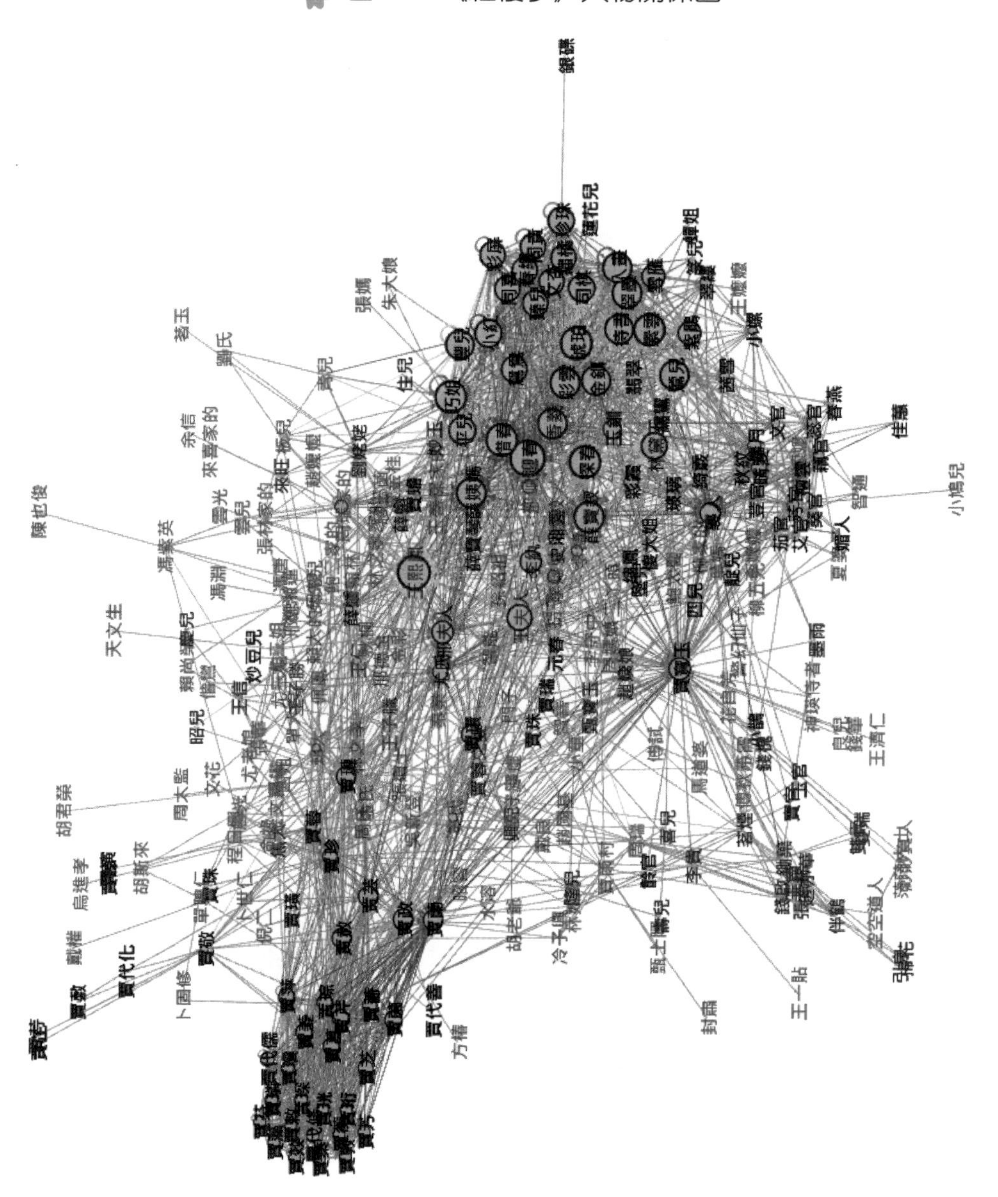

然而儘管如此，圖 4-2 中人物關係線路非常複雜，還是很難乍看就明白箇中奧義。所幸我們剛才透過《天龍八部》的舉例，已經大致初步了解了 SNA 社會關係網路中「節點」和「邊」的概念，因此如果我們用來看圖 4-2，就可以根據幾個重要節點，找到其中幾組有趣的人物關係及其背後的人際網路。以《紅樓夢》賈寶玉來說，我先將將電腦繪圖的結果，以「賈寶玉」這個節點，篩選與之相關的節點及邊，就可以看到呈現出下圖 4-3 的簡易圖形：

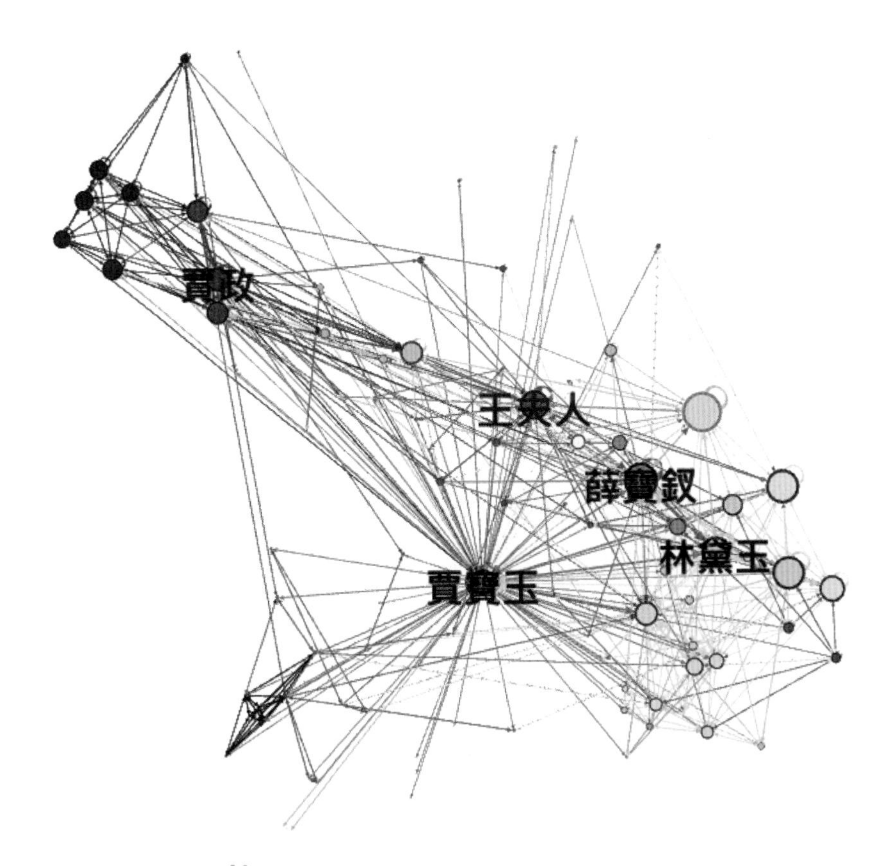

圖 4-3 《紅樓夢》部分角色關係圖

由於這張圖是用「賈寶玉」這個節點製成的，所以在圖形中最中央的節點就是賈寶玉，他的右上方連結著「林黛玉」的節點，正上方是寶玉的母親「王夫人」，左上方是父親「賈政」。節點、邊的顏色，是電腦自動運算獲得相近節點特色，以同樣的顏色自動呈現。不難發現就節點的顏色來說，節點的顏色有效反映出角色的身分：賈政是灰色，與他相近的節點也都呈現灰色，如果我們回到上一張圖來看節點標籤，您就會發現那些灰色的節點幾乎都是賈政官場上或者是與他情節較相關的男性角色。

上方的王夫人和薛寶釵都是紫色，紫色的節點表示賈府的夫人小姐。而林黛玉的節點非常有趣，就她的身分來說她和其他的紫色節點身分相同，但是如果我們單純就紫色的這群節點網路中來觀察的話，您會發現林黛玉她所處的位置其實是在紫色的人際網路邊邊，也就是我們現在說邊緣人的角色。如果單單比較寶釵和黛玉二人，我們知道王夫人是薛寶釵的阿姨，這層親戚關係讓寶釵與她的互動較多，節點位置也比黛玉貼近王夫人。並且，由於寶釵處世圓融，她和其他紫色節點形成了大量紫色的「邊」，也就是角色互動關係良好。反之，林黛玉的位置反而和紫圈的節點比較相近，並且產生出較多條的「邊」。紫圈的節點是什麼呢？紫圈的節點是家丁和丫鬟，可以知道林黛玉平常不擅長與大觀園裡的小姐或者是賈家重要的女性角色打交道，而只與自己、寶玉的丫鬟小廝們有互動，是一個比較獨善其身的角色。

這樣電腦運算 SNA 解析出的結果和我們對於《紅樓夢》的閱讀經驗相近，可以證明透過電腦「遠讀」小說文本，可以

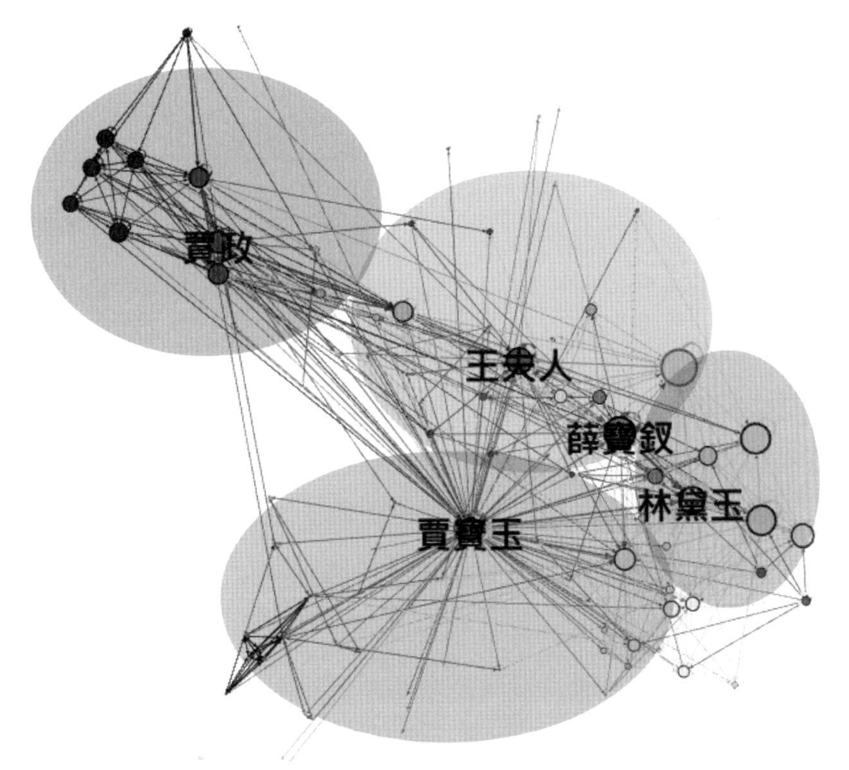

圖 4-4　《紅樓夢》部分角色所屬陣營圖

觀察出人物間彼此的互動關係。由點連線，連線成面，圖 4-3 只是以「賈寶玉」爲核心的人際網路圖，如果我們放大到圖 4-2，任何一個節點都能夠獨立出如圖 4-3 的圖，又可以疊加出更多的互動解釋。而這種接近節點組成的面，我們如果用色塊加上底色，如圖 4-4，就會發現幾個色塊交集或接鄰處的角色人物，往往就是所屬不同陣營角色，卻彼此間有交集，產生情節敘事主題轉場之處。

人物與人物形成互動，互動產生網路，用色塊標記之後，可清楚看見文本角色的不同屬性。透過不同族群相鄰或彼此連結高互動的兩個角色，可以推測他們在情節轉換中的可能重要性。當然，這樣 SNA 的「遠讀」方法是從極「遠」的距離來觀看文本，能夠看見角色群體間的屬性，但不能完全取代細讀文本中對於人物刻劃的精緻解析。比如《紅樓夢》第二十九回中有一段情節：

> 且說寶玉在樓上，坐在賈母旁邊，因叫個小丫頭子捧著方纔那一盤子東西，將自己的玉帶上，用手翻弄尋撥，一件一件的挑與賈母看。賈母因看見有個赤金點翠的麒麟，便伸手拿起來，笑道：「這件東西，好像是我看見誰家的孩子也帶著一個的。」寶釵笑道：「史大妹妹有一個，比這個小些。」賈母道：「原來是雲兒有這個。」寶玉道：「他這麼往我們家去住著，我也沒看見。」探春笑道：「寶姐姐有心，不管什麼他都記得。」黛玉冷笑道：「他在別的上頭心還有限，惟有這些人帶的東西上他纔是留心呢。」寶釵聽說，回頭裝沒聽見。[5]

這一段故事提到賈母正好看見一個麒麟掛件，感到似曾相識，便順口問起誰也有一件。在場的寶釵、寶玉、探春、黛玉眾人，因爲個性立場的不同，各自產生不同的反應。先看賈母，她是賈府的大家長，儘管她在《紅樓夢》裡的出場形象，總是慈眉善目的慈祥形象，但她曾經主管整個大家族的裡外，因此

5 曹雪芹等著、徐少知新注：《紅樓夢》（臺北：里仁書局，2018），p761。

儘管退休，仍心如明鏡，處處留意著府中的大小事，包括小輩們身上佩戴的首飾，因此在看見麒麟掛件時，才會有似曾相識的感覺。而在賈母發問之後，首先搶著接話的是寶釵。寶釵處事圓融，以與寶玉結婚爲目標，因此既然以孫少奶奶自居，自然也留意府中眾人的各種舉措。當賈母發問之後，寶釵求表現，急著接話，想要展現自己善於主事理家的特質。而寶玉眞心對待每個女性角色，但除了黛玉之外，其實對於其他姊妹並不存有男女之情，因此並不上心史湘雲的服飾打扮。接著說話的是探春，探春個性精明幹練，但因爲庶出的身分，讓她養成冷眼旁觀的個性。當她聽見寶釵的回答，便直接讚美寶釵留意府內人事物細節的狀況。而七巧玲瓏心的黛玉如何看不懂寶釵，情敵見面分外眼紅，點出寶釵刻意留心眾人飾品的行爲，諷刺寶釵因爲自己戴的金鎖片，希望能和佩戴通靈寶玉的賈寶玉締結一場金玉良緣。寶釵圓融處事，不願在眾人，尤其在賈母面前惹事，便當沒聽見。

上述一段是《紅樓夢》約 250 字的小說內容，我們透過細讀的方法，可以解讀出每一個角色人物講出話語背後的涵義。但是在電腦「遠讀」的狀況下，我們看到的就只是賈母、寶釵、寶玉、黛玉、探春的五個節點，只能從五個節點的相對位置與關係線條粗細判斷彼此的親疏遠近，不可能解讀出上述這種精讀的結果。然而，探討不同的主題適用不同的工具，透過「遠讀」的方法，我們能夠一次處理大量的數據，觀察出《紅樓夢》角色人物身分與彼此間階級衝突的關係。對於我們觀察人物群體的背景問題，能與各別角色精細分析互補爲用。

續書的兩種概念

再回到 SNA 人物角色特性可以形成分區觀察的問題。如果我們舉上一章提到的《紅樓夢》高鶚續書、《重樓綺夢》爲例，您認爲高鶚續書、《重樓綺夢》和《紅樓夢》前八十回的文本角色人物彼此之間會形成怎樣的圖像？如果我們用粗略的色塊表示，應該可以呈現出圖 4-5 和 4-6 兩種樣貌；

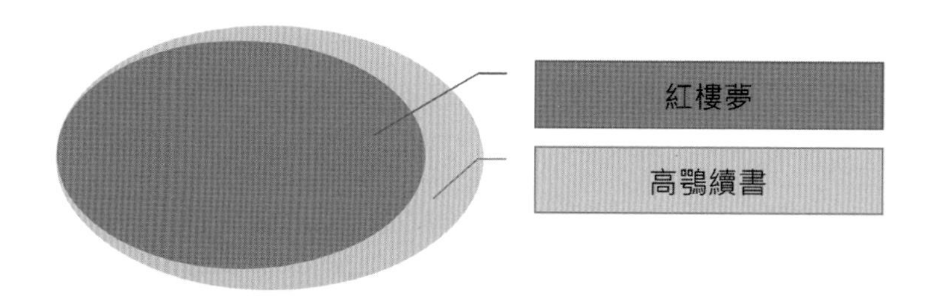

圖 4-5　《紅樓夢》高鶚續書角色概念示意圖

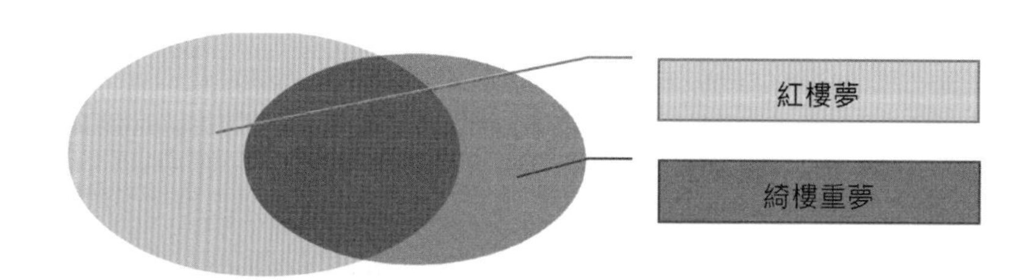

圖 4-6　《綺樓重夢》角色概念示意圖

我們知道，儘管高鶚的續書偏重封建思想，受儒家功名科舉影響甚多，但是基本上他是根據《紅樓夢》前八十回的情節與人物，將之續補完成。因此就算爲了完善結局的需要，並不會新增太多的角色。但是《綺樓重夢》不同，《綺樓重夢》的故事，儘管仍以《紅樓夢》爲原型，但是第一回的故事就是再續前緣的設定：

> 警幻指著寶玉道：「他原是女媧氏煉來補天的石頭，餘剩下來放在青埂峰下，年深月久通了靈，投胎到賈家爲子，取名寶玉，卻被僧道誘他出了家。如今又生塵念，要想了完前世情緣。」又指絳珠道：「他是一株絳珠仙草，生在這石旁。石頭怕他枯槁了，時時用水澆灌他，他感激此石，也投胎林家爲女，取名黛玉。和那寶玉是表親，同居一室，兩心相愛，滿望成婚。誰知無姻緣之分，別娶薛氏寶釵爲妻，黛玉便悲恨而死。如今兩個又想結來世婚姻，爲此特來求您。」……（月下）老人道：「閒話少說，我看仙子分上，成就了您兩人罷。」[6]

《綺樓重夢》以替靈石、仙草再續前緣的概念開啓故事，讓靈石託生爲寶玉、寶釵之子小鈺，與舜華、碧簫、藹如、纈玖、淑貞、優曇、曼殊、文鴛、彤霞、妙香、小翠、友紅類比金陵十二釵，展開 48 回的新故事。由於主角小鈺身爲賈府第四代，因此在這段新故事中，仍有許多舊角色出現。因此新舊故事的人物關係，當會呈現出圖 4-6 的聯集狀態。而這樣的圖像狀況明顯與圖 4-5 不同，由是可知，如果我們用 SNA 的辦法分析同一個作品的幾種同人小說，如果同人小說與原小說人物關係呈現出圖 4-5，那麼比較類似高鶚的續書，只是追求故事

6 《綺樓重夢》第一回，蘭皋主人：《綺樓重夢》（北京：北京大學出版社，1990），p2-3。

情節的續補，而非新增新角色；反之，如果較類似圖 4-6 的狀態，那麼就是與《綺樓重夢》較類似的狀況，代表同人小說的作者在寫作的過程中，已經逐步偏離原著，只是借用其中部分角色開啓新故事而已。

電腦呈現小說時間線的方法

透過 SNA 社會關係網路圖「遠讀」作品，我們可以推敲出人物關係。但是作品的情節是透過角色人物互動形成，人與人的互動除了彼此間的關係，相遇的時間有時更爲重要。那麼，在電腦「遠讀」的世界中，作品的時間線是如何被展現出來的呢？

最簡單的方法，我們可以用「關鍵詞分布」來展現作品中的時間線索。

關鍵詞分布是在文本中呈現關鍵詞分布的空間策略，它將文本的時間視爲一條直線，然後將關鍵詞出現的位置一一標示出來，如下圖 4-7 所示：

圖 4-7　《史記 · 廉頗藺相如列傳》人物登場時間圖[7]

這張圖是《史記 · 廉頗藺相如列傳》的人物分布圖，《史記》是一部上起五帝，下迄西漢武帝的通史，時間貫穿約三千餘年，以本紀來記錄政權興衰；以表記錄同時代的人物事件，以

[7] 筆者利用庫博中文獨立語料庫製圖。

彌補紀傳體記載歷史的缺點；用書記錄制度史的變化，如〈禮書〉、〈樂書〉、〈封禪書〉；用世家記錄世襲一方或諸侯傳承之家，如〈晉世家〉、〈楚世家〉、〈蕭相國世家〉等；還有用列傳記錄一些歷史上風流人物。《史記》的列傳共有七十篇，然而司馬遷以前三千年的歷史何其漫長，其間值得被留名青史的人物何其眾多，如何能夠被七十篇列傳的篇幅所收入？因此司馬遷將一些有相近特質的人物，以合併成一篇傳記的方式寫在一起，稱爲合傳。合傳有時候兩位傳主並不是同時代的人，如〈屈原賈生列傳〉記錄屈原、賈誼，一個在戰國末年，一個在西漢前期，二人生活年代不同，但皆忠君不遇、去國懷鄉。但合傳也有兩位傳主身處同一歷史事件背景時空的狀況，如上圖 4-7 的〈廉頗藺相如列傳〉關鍵詞分布圖就是這樣的例子。廉頗是戰國末期趙國良將，以勇氣聞名於諸侯，是戰國四大名將之一；藺相如則是與廉頗同朝爲官的賢相。司馬遷將戰國末期趙國一文一武兩位重要臣子合併爲一篇傳記，那麼就類似小說中雙主角的概念。以其關鍵詞分布圖觀察可以知道，司馬遷先總敘二人，然後故事的重點先說藺相如的故事，然後到了文本中段的部分，講述二人有所交集的情節，也就是負荊請罪、刎頸之交的幾段歷史故事。接著傳記轉入廉頗，講述趙王如何不能知人善任，導致廉頗有志難伸，最後廉頗去趙入魏，抑鬱而終，趙國最後也終至覆滅的命運。因此就關鍵詞分布的狀況來看，分布圖的後半部自然就是廉頗的故事，只有到最後司馬遷總體評價二人時，才又見藺相如被提及的狀況。

因此，在我們了解了關鍵詞分布圖以色點觀察的方法之後，我們就能夠將各種不同的文本，輸入電腦，觀察包括史傳小說等敘事文本的角色出場時間。比如下圖 4-8 是《史記 · 衛將軍驃騎列傳》關鍵詞分布圖：

分布圖：[衛青][霍去病]

圖 4-8 《史記 · 衛將軍驃騎列傳》人物登場時間圖

假如您並沒有看過〈衛將軍驃騎列傳〉的文本，但是您透過觀察上圖 4-8，您知道圖中以灰色表示衛青，以紫色表示霍去病，那麼儘管您並未細讀文本，您也能夠快速判斷出這篇傳記由衛青爲主角貫穿整個故事，而在衛青的人生際遇中後段，與霍去病產生許多交集，因此圖形的中後段二人的色塊產生交互重疊的狀況。因此，透過關鍵詞分布我們可以看見敘事文本的空間策略，掌握角色人物出場與退場的時間線索。

透過電腦「遠讀」情節，可以用 SNA 看人物關係，以關鍵詞分布觀察時間線索。但是除了角色人物關係與登場時間能夠被具象量化表現之外，還有沒有什麼情節的元素能夠透過電腦的「遠讀」被分析出來？

電腦對於文本的情感分析曲線

情感分析也是電腦「遠讀」敘事文本重要的項目之一。什麼是情感分析？伴隨著情節的變化，作者所用的詞彙有往往有所不同。如同第二章討論《史記》篇章作者問題時提到，同一作者在書寫不同對象有時會有不同的行文方式，除了作者刻意改變創作風格外，更多的狀況是伴隨著情節變化，作者描述場景、人物對話等詞彙使用，會搭配該情節而展現出不同的情感調性。比如如果小說分離的情節正值秋天，那麼作者筆下的秋天可能會充滿蕭瑟的形容詞，最後形成悲傷的情感。相反地同樣是秋天的背景，但如果小說情節寫到壽宴喜事，那麼對秋天的形容可能就會變成秋高氣爽的感受，而產生正向的情感。

如果上述的前提成立的話，那麼我們有沒有可能透過情感分析，來觀察敘事文本的情節變化呢？我簡單用正向和負面兩種情感整理《紅樓夢》高鶚本第十八回、第九十八回兩個回目的情感分析圖如圖 4-9。《紅樓夢》第十八回講的是元妃省親的故事，借用書中秦可卿託夢王熙鳳對此事的形容，乃是「眼見不日又有一件非常喜事，眞是烈火烹油、鮮花著錦之盛」的大喜事。而第九十八回講寶玉得知黛玉之死後傷心哀慟的情節，是典型的悲劇情節。我講這兩回文本輸入電腦，設定正面、負面的情感詞，黑色代表正面的情感，紫色是負面的情

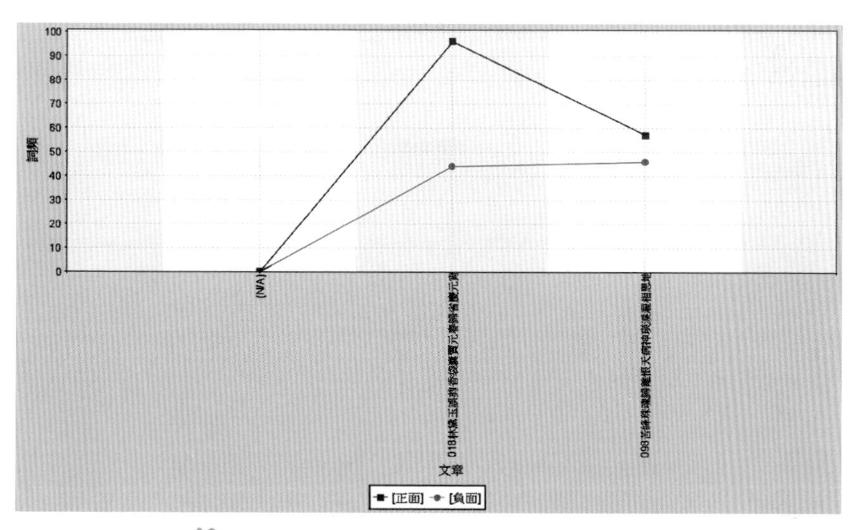

圖 4-9 《紅樓夢》兩回情感分析圖

感，我們可以清楚看見，在元妃省親的章回中，正面的情感明顯高於負面的情感，而在寶玉哀悼黛玉之死的章回中，則是兩類情感詞彙相近，儘管就文字語言描述而言，負面的情感詞就數量上並沒有超過正面的情感詞，但可以從兩個章回的正面詞彙的下降，可以明顯看出情節的急轉直下。

運用類似的情感分析方法來觀察文本情節，在戲曲話本也有類似的狀況，並且情緒感應更爲明顯。如白樸所作的元雜劇《牆頭馬上》是典型才子佳人戲。元雜劇盛行於北方，一部劇四「折」，「折」的概念類似今日舞臺劇的「幕」，也與章回小說的「回」相當，加上加尾詞「子」，又稱爲折子戲。《牆頭馬上》的故事一共由四折組成，第一折寫尚書之子裴少俊意外與李千金一見鍾情私會後花園。第二折寫二人定情事發，決定私奔。第三折是裴少俊將李千金藏於府中七年，私生一子一女。但後被裴父發現，被迫休妻。第四折則是裴少俊中進士後挽回李千金，二人破鏡重圓的結局。我們用電腦「遠讀」這部作品，是否也能獲得類似的情緒轉折？我將《牆頭馬上》的情感分析圖繪製如下圖 4-10：

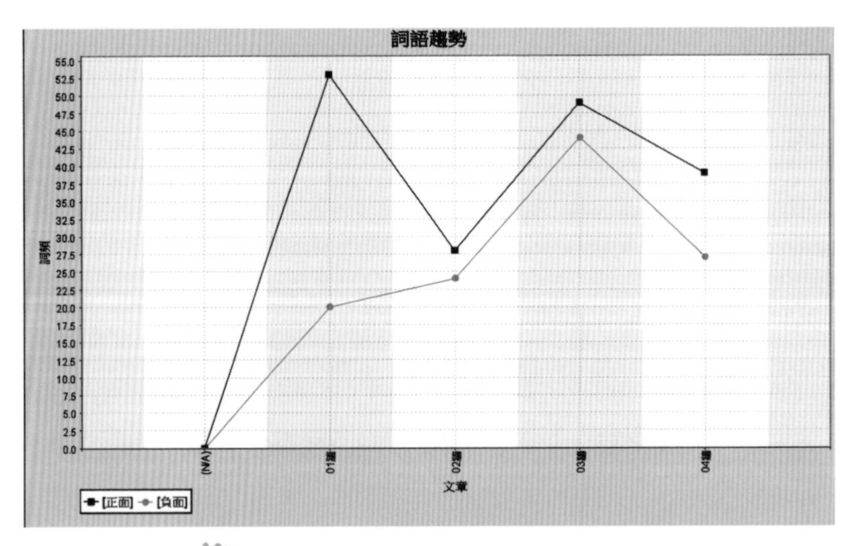

圖 4-10　《牆頭馬上》情感分析圖

在圖 4-10 中，我們可以看到在第一折的才子佳人相見情節中，作者使用大量的正面情感詞彙，負面情緒極少。但到了第二折這段私情被李家發現，二人決定私奔時，正面情感詞彙明顯下降，接近負面情感詞彙的使用，可知從第一折到第二折是劇情急轉直下之處。到了第三折，正面、負面情感詞彙大量運用，是擴大到極致的衝突描寫，也就是休妻的情節。到了第四折伴隨著裴少俊考上進士、夫妻破鏡重圓的事件，正面情感詞彙明顯又高於負面，則從上面《紅樓夢》、《牆頭馬上》的實驗，就可以知道正面、負面情感詞彙的運用相對比例，似乎可以反應出大致的情感轉折。

關漢卿的《竇娥冤》也是四折結構的元雜劇，其中的情感分析圖對比更為強烈：

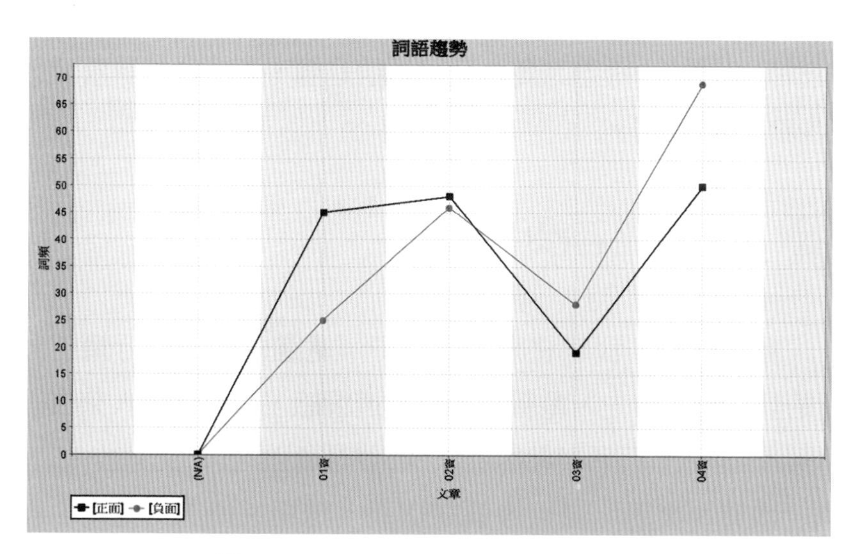

圖 4-11 《竇娥冤》情感分析圖

上圖 4-11 是關漢卿《竇娥冤》的情感分析，《竇娥冤》第一折寫身爲童養媳的竇娥在丈夫去世之後，與婆婆相依爲命，竇娥拒絕無賴張驢兒父子的逼婚。第二折是張驢兒欲毒死竇娥婆婆卻誤殺其父，嫁禍誣告竇娥。竇娥不忍連累婆婆，含冤招認被判死刑。第三折寫竇娥指天爲誓，含冤而死。第四折則寫竇娥冤魂向生父申冤，最後獲得平反的結局。《竇娥冤》是中國古典文學作品中極爲出色的悲劇代表，以情感分析「遠讀」劇本，會發現該劇到了第二折竇娥被誣告之時，負面的情感詞彙大量被運用，幾乎貼近正面情緒詞彙，可以知道是情節轉折的關鍵情節。特別的是到了第三折、第四折之時，竇娥終究含冤而死，儘管死後獲得平反，但逝去的生命已不可逆，關漢卿的情感用詞透過電腦分析，已經明顯超越正面情感詞彙。而且透過圖 4-11 第四折陡然升高的負面情感分析結果，就算您沒有讀過《竇娥冤》的文本，也能感受到關漢卿透過竇娥表現出的強烈悲憤情緒。透過《竇娥冤》這齣悲劇，關漢卿控訴著元代官場的黑暗現實。

情感量化過程中的盲點

看到這裡，我想您應該很好奇，電腦是如何進行情感分析的計算呢？首先，電腦當然不知道情感，必須依靠人來告訴電腦，哪些是正面的情感詞彙，哪些是負面的情感詞彙，如盛開、盛譽、爽脆、溫淑等偏向正面；誘拐、倦怠、弛緩、籠統、偏僻等偏向負面。在我們告訴電腦正、負面詞彙之後，接著統計章節詞彙即可。

讓電腦進行文本情感分析的方法似乎可行，但是前提是我們對於情感分析的詞彙定位必須正確無誤。上述的詞彙統計我借用了上萬筆語料詞彙，但由於這批詞彙的來源是現代口語和書面語，用來進行上述三個文言文的文本情感分析必定掛一漏萬。並且我用正面、負面來分類這些詞彙其實非常粗略，因此上述包括《紅樓夢》、《牆頭馬上》、《竇娥冤》三個例子，都只是一個初步觀察情感梗概的模型，如果有更多精準的文言文語料情感資料爲基礎，應能更精緻的進行文本情感分析。

然而，人類語言情感是一連串複雜的表現，情感分析除了要有正確的情緒歸類外，有時正言若反，還必須考慮語言句構。例如「我不喜歡夏天」，如果我們只告訴電腦「喜歡」是正面的情感詞，但忽略了這句話之中「喜歡」前綴有「不」的否定詞，那麼原本負面的表達意思，反而會被電腦誤判爲正面。因此正確斷詞、分解句構是文本情感分析的前提。我們想到透過電腦「遠讀」的辦法來分析文本情感，極仰賴更多相關專家的跨領域團隊合作。

人物、時間、情感是文本情節變化的幾大元素，用「遠讀」的方法，可以初步勾勒出三個向度的圖像。儘管透過這樣方式繪製出來的圖像有些粗略，但對於文本分析仍能有部分幫助。可以讓我們透過電腦遠讀、人工精讀的人機合作方法，看見更多作者在字裡行間想要表達的旨趣。

思辨主題

<table>
<tr><td rowspan="4">高層次思考問題</td><td>分析型問題</td><td>1. 圖 4-2 是《紅樓夢》角色人物的社會關係網路圖，節點的顏色代表身分屬性。請試著分析各色節點角色群中中心節點人物在小說中的重要性。
2. 圖 4-9 是《紅樓夢》喜事、喪事兩回目的情感分析圖，爲什麼在寫第九十八回的悲劇情節時。儘管負面情緒陡升，卻仍舊未超越正面情緒的詞彙使用呢？</td></tr>
<tr><td>歸納型問題</td><td>1.《儒林外史》是清代吳敬梓寫的長篇諷刺小說，全書共五十六回。主要寫明朝科舉制度下讀書人的樣貌與生活百態，共刻劃了 200 人左右。王冕、范進、匡超人是吳敬梓筆下的重要角色，您能否根據下面關鍵詞分布圖，說明他們在《儒林外史》出場的時間？除了上述三人之外，還有嚴致中、嚴致和兩兄弟，您能否依照他們二人出場的時間，將他們二人補入下面的分布圖中呢？</td></tr>
<tr><td colspan="2">分布圖：王冕 范進 匡超人 ｜ 出現次數 345 ｜ 文章總詞數 247184 ｜ 檔案來源 儒林外史...</td></tr>
<tr><td>推測型問題</td><td>如果《紅樓夢》後 40 回不曾亡佚，您認爲它的情感分析圖會呈現怎樣的曲線？和《紅樓》四夢的情感分析圖是否有其異同？</td></tr>
<tr><td rowspan="2">支持性討論</td><td>感受型問題</td><td>社會關係網路原本是串聯人際關係的方法，每個人都可以是節點的中心。請列舉您十位以上的家人、同學、朋友，與他們串聯，觀察其中是否呈現出圖 4-4 的人物屬性陣營呢？</td></tr>
<tr><td>連結型問題</td><td>情感分析的基礎是建立詞彙情感的分類，儘管我們不是語言學語料分析專家，但是身爲詞彙的使用者，也常常可以感覺、判斷詞彙的正負屬性。例如「效法／模仿／抄襲」這組詞彙，在詞彙屬性的光譜上，「效法」屬於正面詞彙；「模仿」和其他二者相比，偏向中性；而「抄襲」就是屬於負面詞彙。您能否舉出意義相近，卻有正面、中性、負面的兩組詞彙，判別它們所呈現的不同情感呢？</td></tr>
</table>

數據探索

中研院輿情分析系統利用中文剖析系統，解析了近千萬句的新聞語料，找出字詞關係；並且可以分析該關鍵字相關句字的情感分布。您可以針對某關鍵字，快速了解與其相關的事物。您能否使用中研院輿情分析系統搜尋一個新聞關鍵詞，觀察其情感分析呢？

中研院輿情分析系統

思辨主題：

人際網路的疏與密

第五章

古人的社交世界：《世說新語》與北宋六家

作品通過什麼方法被流傳？文人作品是否可能還原古人的社交世界？如果我們想要還原古人的社交網路，要考慮哪些元素？文集中的線索是否可靠？

人與人連結的證據

社會關係網路原本就是社會學用來研究人際網路的方法，在「遠讀」的狀況中，我們將史傳文學或小說文本中的人物作爲節點，觀察他們的網路。然而看到這裡，我們不禁想問，如果跳出作品，古人眞實的社交世界長什麼模樣？

唐詩中有個知名的例子，也許可以幫助我們一窺古人的社交世界。

唐代的詩歌是唐代文學極具代表性的文學形式，其中七言律詩又是代表中的典範。七言律詩每句七字，一共八句。每兩句稱一聯，講究平仄押韻之外，還要注重對仗。律詩的三、四句稱爲頷聯；五、六句稱爲頸聯，頷聯、頸聯使用的文字詞性和發音平仄，必須兩兩相對。七言律詩的寫作由於有許多限制，因此並不容易書寫。但是寫的好的七言律詩，卻往往是精品之作。唐人七言律詩的第一名是哪一首詩？一般而言，杜甫的〈登高〉和崔顥的〈黃鶴樓〉各自獲得後人的支持，榜上有名。

杜甫的〈登高〉是他晚期的作品，詩曰：

風急天高猿嘯哀，渚清沙白鳥飛回。
無邊落木蕭蕭下，不盡長江滾滾來。
萬里悲秋常作客，百年多病獨登臺。
艱難苦恨繁霜鬢，潦倒新停濁酒杯。

前已說明，律詩的規定是三、四、五、六句必須對仗，然而如果就〈登高〉而言，不難發現，整首詩通篇無一不對仗，甚至一、二句的「風急天高」、「渚清沙白」還有上下兩詞語彼此對偶的句中對。這顯示了杜甫晚年對於詩歌格律已是信手捻來的純熟。更難得的是，這首詩的五、六、七、八句，短短二十八字，卻是以人生的愁苦多重疊加而成。怎麼說呢？第五句「萬里悲秋常作客」，可以拆成四組詞語；萬里、悲秋、常、作客。萬里指的是距離，杜甫寫詩在安史之亂後天下大亂的局勢之中，亂世之中本來安身於成都擔任幕府，但是主公嚴武卻因病過世，杜甫頓失依靠。離開成都後，杜甫病魔纏身，生活困苦，輾轉飄零多年。他在這樣的身心狀態下，登上夔州城外高臺，有感而發此作。因此詩中說「萬里」，除了是現實的時空距離，也是詩人心中去國懷鄉的距離。杜甫此時距離自己的家鄉、距離自己的理想皆如此遙遠，卻又歸去無路，心中的無奈與愁苦可想而知。再說「悲秋」，秋天是收穫的季節，也是由盛轉衰的季節。壯士悲秋，當您充滿理想抱負，體能、情勢卻由盛轉衰，不免有大勢已去、壯志未酬之感。再說「作客」，古人除了求取功名和經商，多數的時候都是安土重遷的，然而杜甫客居夔州並非任官，而是因戰亂流離失所後不得不的選擇。而這種不得不然的狀況，在杜甫的生命歷程中並不是偶發事件，而是常常發生，所以在「作客」上加上一個「常」字，更顯出只能隨著命運擺弄的傷感。因此單單第五句「萬里悲秋常作客」，其實就已經把四種人生愁苦的狀況道出，並且疊加在一起，成爲更深刻的狀態。同樣的句式概念也可類推到六、七、八三句，因此可知〈登高〉這首詩的五、六、七、八句短短二十八個字，就提出了十六種人生愁苦的狀態，狀態疊加之後，交織成愁上加愁的無奈。

杜甫的〈登高〉由於格律精工、意境疊加，被後人推崇爲七律的冠軍之作。而與之齊名，另一首並稱第一的作品——崔顥的〈黃鶴樓〉，則是傳說因爲被詩仙李白抬舉，因此聲名大噪。元代辛元房《唐才子傳》曾寫崔顥一段故事：

> 後游武昌，登黃鶴樓，感慨賦詩。及李白來，曰：「眼前有景道不得，崔顥題詩在上頭。」無作而去。

黃鶴樓是中國三大名樓之一，崔顥遊黃鶴樓，寫下〈黃鶴樓〉詩。而後李白也經過黃鶴樓，本欲寫詩，看見崔顥的作品，自覺難以超越，便無作而去。這段紀載在辛元房之前，並沒有這樣的說法；經後人考證，爲穿鑿附會的可能性較高。辛元房的說法雖然不可靠，但是因爲能夠讓才華橫溢的詩仙李白自嘆不如，這樣的傳說自然爲人津津樂道、廣爲流傳。儘管傳說未必可盡信，但崔顥〈黃鶴樓〉詩的確寫得好，在辛元房前，嚴羽的《滄浪詩話》已直接稱崔顥的〈黃鶴樓〉詩是唐人七律第一。而李白在遊黃鶴樓之後，更有〈登金陵鳳凰臺〉的仿作，更加證實了崔顥〈黃鶴樓〉一詩備受肯定。我們將崔顥〈黃鶴樓〉

和李白〈登金陵鳳凰臺〉並排，可以明顯看到李白仿作的痕跡：

崔顥〈黃鶴樓〉
昔人已乘黃鶴去，此地空餘黃鶴樓。
黃鶴一去不復返，白雲千載空悠悠。
晴川歷歷漢陽樹，芳草萋萋鸚鵡洲。
日暮鄉關何處是？煙波江上使人愁。

李白〈登金陵鳳凰臺〉
鳳凰臺上鳳凰游，鳳去臺空江自流。
吳宮花草埋幽徑，晉代衣冠成古丘。
三山半落青天外，二水中分白鷺洲。
總爲浮雲能蔽日，長安不見使人愁。

這兩首詩皆爲七言律詩，因此本來在聲律對仗格律方面，就必須符合律詩的規範。然而會被稱之爲仿作的原因，主要在律詩的每一聯構思非常雷同。一、二句寫黃鶴、鳳凰已不見，只留下地名令人追想。三、四句則承接前兩句「離去」的概念，寫時空流轉，發思古幽情。五、六句是寫景，書寫登樓、登臺居高臨下所看見的俯瞰遠景。最後七、八句轉入心境，登高望遠，講看不見心中的理想所在地，憂慮發愁。李白的〈登金陵鳳凰臺〉明顯受到崔顥〈黃鶴樓〉的影響，應當有讀過崔顥的作品，或許這也是後人附會李白見崔顥題詩卻無作而去的原因。

然而，在後人「腦補」李白遊黃鶴樓的傳說中，其實點出了古人社交的方法之一：題壁詩。古人在遊歷名勝之時，常常會興之所至，賦詩一首。比如「橫看成嶺側成峰，遠近高低各不同。不識廬山眞面目，只緣身在此山中。」這是蘇東坡知名的〈題西林壁〉，詩題既以題壁爲名，就知道蘇東坡在寫此詩的情境，就是將詩作寫於壁面之上。當後來文人遊歷到相同景點時，就能看到前人的作品，寫下續作，或是超越爭勝的作品。

上述題壁詩的成形，十分風雅，似乎是古代文人特殊的社交形式，但是如果我們就其寫作流程與蒐集作品的方法來看，一個引發話題的主題，有感而發的留言空間，其實與我們日常使用 Facebook、Instagram、Twitter 等網路社交媒體並無不同，只是我們將現實的「題壁」據點轉換成虛擬的網路留言板罷了。

《世說新語》關注什麼？

那麼在唐詩之前，我們又該如何看見古人的社交網路呢？《世說新語》是個很好的例子，可以滿足我們對古人社交圈的想像。

《世說新語》是南朝宋劉義慶召集門下食客共同完成的作品，記述魏晉南北朝士人的生活、思想等情況。它以筆記的形式成書，每則故事約百字，類聚群分，根據故事的主題，將數則故事繫爲一門，共可分爲德行、言語、政事、文學、方正、雅量、識鑒、賞譽、品藻、規箴、捷悟、夙惠、豪爽、容止、自新、企羨、傷逝、棲逸、賢媛、術解、巧藝、寵禮、任誕、簡傲、排調、輕詆、假譎、黜免、儉嗇、汰侈、忿狷、讒險、尤悔、紕漏、惑溺、仇隙等三十六門。主要記錄的族群包括士族、名士、達官等，書中記載人數約六百七十餘人。《世說新語》中的人物彼此之間互相關聯，舉〈言語〉門中大家所熟悉謝道韞的故事爲例：

> 謝太傅寒雪日內集，與兒女講論文義。俄而雪驟，公欣然曰：「白雪紛紛何所似？」兄子胡兒曰：「撒鹽空中差可擬。」兄女曰：「未若柳絮因風起。」公大笑樂。[1]

上文中的謝太傅與公指的是謝安，兄子胡兒是謝安的侄兒謝朗，兄女則是姪女謝道韞。謝安與家中晚輩談論文章義理，突然天氣變換，下起大雪。謝安隨堂測驗，問眾人如何比喻當下景象，謝道韞的回答明顯較謝朗高明，因此謝安欣然大笑。在上述這段故事中，主要人物有謝安、謝朗、謝道韞三人。三人之中，謝安的事蹟還出現在德行、政事、文學、方正等其他章節，而謝朗則亦可見於賞譽、品藻、忿狷、紕漏幾門，而其他門類的故事中，這兩人又與其他人有所交集。如果我們將《世說新語》中的人物，運用上一章介紹的 SNA 社會關係網路方法串聯在一起，那麼，我們就能獲得《世說新語》人物關係圖如 5-1：

---

1 劉義慶：《世說新語》（臺北：地球出版社，1993），p128。

圖 5-1 《世說新語》人物關係圖

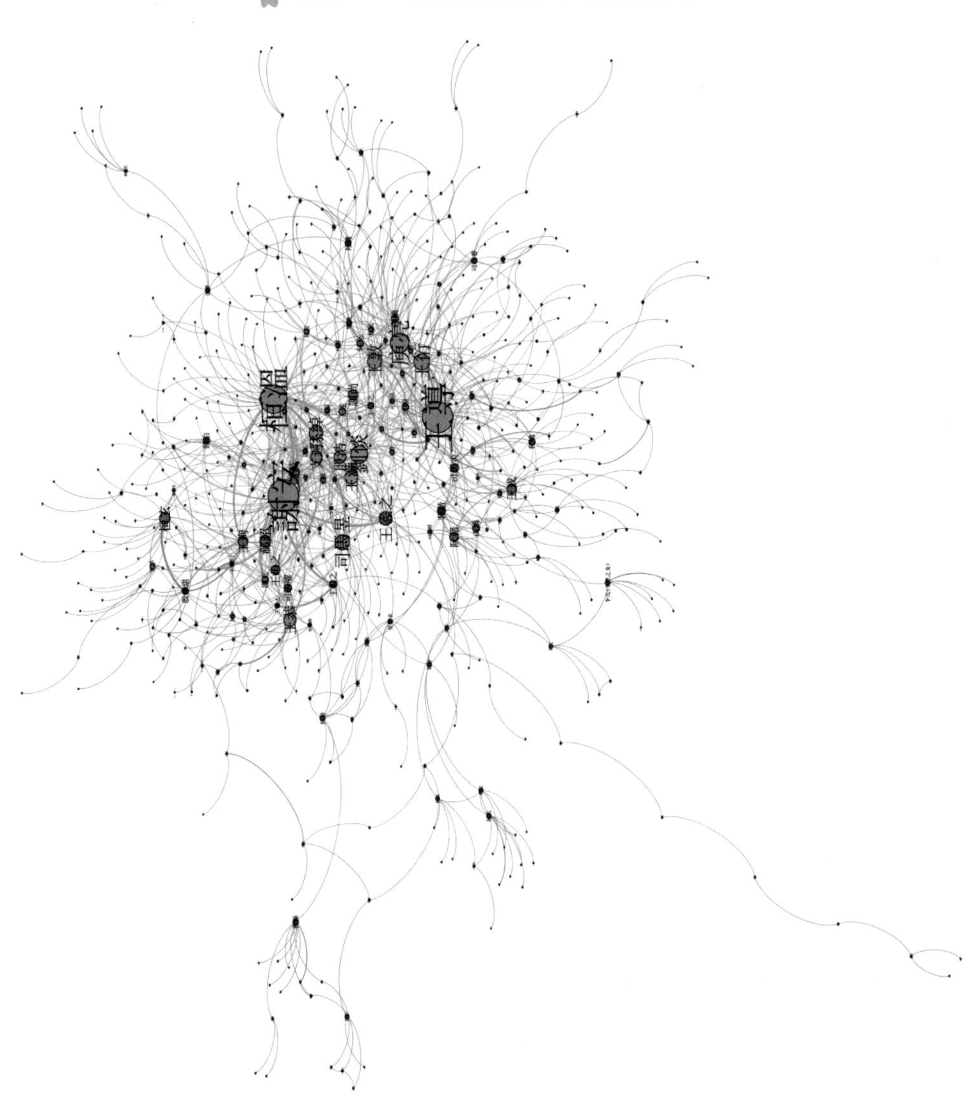

在上一章，我們了解 SNA 圖中節點和邊的關係。在《世說新語》的例子中，節點仍舊是作品人物，而邊就是人物與人物之間的關係。圖 5-1 是《世說新語》人物關係圖，邊的線條粗細受到權重控制，當人物與人物產生一次連結，權重爲 1，再一次連結，權重便加總爲 2。以上面舉出謝道韞詠絮的〈言語〉篇故事三位人物爲例，在這則故事中，謝安、謝朗、謝道韞彼此互動，因此就會產生「謝安—謝朗」、「謝安—謝道韞」、「謝朗—謝道韞」三條邊，在這一則故事中，三人一起互動，因此上述三條邊的權重皆爲 1。然而，謝朗爲謝安姪兒，是謝安在家族中極爲提攜的後輩，因此「謝安—謝朗」兩人在《世說新語》中的互動並不僅出現在〈言語〉一則，比如〈賞譽〉篇曾記錄謝朗擔任著作郎時，向謝安請教人物相關資料的故事。因此「謝安—謝朗」的這條關係線，權重便會從原有的 1，再加粗爲 2。其他如〈品藻〉、〈忿狷〉、〈紕漏〉幾門，也有謝朗及謝安的互動，則「謝安—謝朗」的邊也會因爲權重加重，關係線的呈現也會更爲加粗。

關係的強弱會影響線條的粗細，而越多線條連結的節點，也就是文本中與越多其他人物產生關係的人物，節點的分布除了會在圖像中心外，節點尺寸本身也會越大。圖 5-1 最大的三個節點是王導、謝安和桓溫，我將與其相連結的邊染成紫色，就可以清楚看見整部《世說新語》其實是圍繞著王導、謝安和桓溫家族的八卦史，這符合魏晉南北朝以世家大族爲主體的世族社會狀況，儘管《世說新語》一書記載了六百七十餘人，但實際上卻有過半都是出自這三大家族。因此，以《世說新語》來觀察唐代以前文人社交圈，其實有很大的程度受到記錄者人物選擇的制約，換句話說，透過《世說新語》考察人物彼此之間的互相關聯，僅能一窺上層世族的人際互動狀況。

那麼，除了《世說新語》的筆記紀錄之外，我們有沒有其他更貼近文人眞實交遊狀況的觀察辦法？

文集中的文人互動

如果唐宋以後文人的題壁文化是網路社群公開留言板，那麼現存於文人別集中的唱和之作及互動書信，就是今日 message、line 等私訊功能。我們能否從中量化計算出文人彼此間的關係呢？

別集之名，最早創於東漢，指的是個人文集。[2]別集有時收錄一位文人的全部作品，有時收錄部分作品。編排方式有以年編排、主題編排，但多數爲分體編排的形式。儘管別集的名稱東漢已經出現，但別集的大量出現，要等到宋代以後才大量盛行。宋朝在古代科技學術史上有一個影響後世甚鉅的發明——活字印刷。在此之前，知識傳播仰賴口傳與手抄，文章典籍必須仰賴抄本才能流傳。而宋代活字印刷方法改良之後，手抄一變爲刻印，書籍的複製透過刻印快速化身千萬，知識流通迅速，抄本逐漸被印本取代。印本時代的來臨影響鉅大，有學者認爲這影響類似古騰堡印刷術造成了西方文藝復興運動。而就宋朝而言，活字印刷降低了書籍的出版、取得成本，也逐漸讓文人的個人著作紛紛得以結集保存。舉例來說，如果您想

2 《隋書．卷三五．經籍志四》：「蓋漢東京之所創也。自靈均已降，屬文之士眾矣，然其志尚不同，風流殊別。後之君子，欲觀其體勢，而見其心靈，故別聚焉，名之爲集。」

要取得一本唐代詩人的詩歌集，您必須先取得底稿，然後親自手抄或雇用抄寫工人，曠日廢時才得以完成。由於時間成本高昂，在唐朝以前，文人個人的文集是較少見。但是到了宋朝，因為活字印刷技術的改良，大量的文人別集被編制排印，我們有了這批「大」數據文本，才能比較完整觀察古人的社交狀況。

別集是以個人為主的作品集，以分體形式的別集而言，其編排方式，常先從論、議、讀經史等文章排序，然後再編入記、序、書信等文章，有時也會混入詩詞等韻文，成為詩文集。如果我們想要探知文人的社交狀況，根據別集收錄的書信與詩詞就會是按圖索驥的方法。

用書信往返推知其交友狀況，這是容易理解的邏輯。但詩詞作品為何也會變成社交狀況的縮影呢？主要是文人創作詩、詞，除了自我抒情之外，還有很大的機率，是在唱和文化下產出。如蘇軾知名的〈和子由澠池懷舊〉，就是在其前往任官地途中，行經澠池，看見弟弟蘇轍當年一同應考時曾在澠池僧房上的題詩，對於人事變換有感，因此寫下「人生到處知何似？應似飛鴻踏雪泥」的名句。這首詩是蘇軾對弟弟作品的唱和之作，收錄在蘇軾作品集中，可據此看出蘇軾與弟弟蘇轍的互動。同樣地唱和作品，也出現在詞這種文體之中，著名的例子如辛棄疾〈賀新郎‧把酒長亭說〉和陳亮〈賀新郎‧寄辛幼安，和見懷韻〉，也是一組詞人間互寄唱和的例子。這種唱和的詩詞，在題目上往往有「和」、「寄」等標記字眼，或者題下有說明創作動機的小序，據此推論文人間的交遊，因此有跡可循。

國學 Tips：唐宋八大家與北宋六大家

「北宋六大家」的名稱，是從「唐宋八大家」中選取北宋六位作家而來。「唐宋八大家」包括唐代的韓愈、柳宗元，北宋的歐陽脩、曾鞏、王安石、蘇洵、蘇軾、蘇轍，共八人。上述八人並稱，開始於明初，朱右曾選八人文章編爲《八先生文集》。明中葉時唐順之選輯古文經典爲《文編》一書，在唐宋文也集中選擇此八人。後來明末的茅坤選輯了《唐宋八大家文鈔》，就是繼承朱右、唐順之的觀念，該書流傳甚廣，「唐宋八大家」的說法也由此定型。

北宋六大家誰是邊緣人？

如果我們根據別集收錄中的書信與唱和詩詞，是否能夠順利推衍出文人的社交網路輪廓？我以歐陽脩、曾鞏、王安石、蘇洵、蘇軾、蘇轍的北宋六大家爲例，根據六人的文集繪製出社交網路圖：

圖 5-2　北宋六家人物關係圖

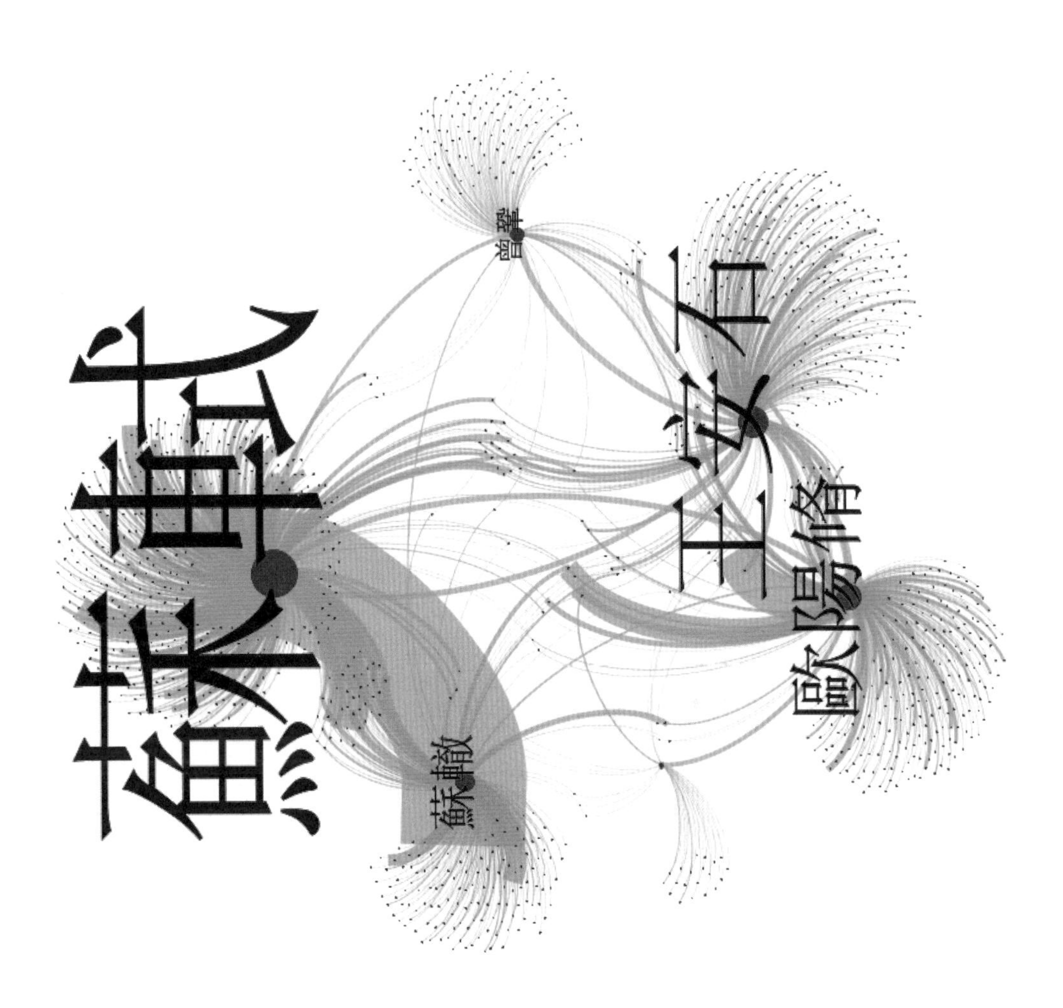

圖 5-2 是北宋六家根據文集量化計算出的交友狀況圖，上述六人由於所處時代相近，同朝先後爲官，有部分共同朋友。因此根據文集各自計算出交友狀況後，還會因爲共同友人，六人的交友圈間接被串接在一起。與圖 5-1 相同，節點的尺寸大小反映了與節點連結其他節點的數量，換言之，交友人數的越多，節點越大；朋友越少，節點越小。而邊的線條粗細也反映出節點間的關係權重強度，唱和與書信往返作品一篇即設定權重爲 1，互動越密切者邊的線條粗細越粗，互動越少者線條越細。而圖 5-2 的節點標籤文字大小也同時反映了與朋友的互動狀況，我們可以清楚看到，在北宋六大家的案例中，蘇軾的朋友最多，交友最爲廣闊；王安石次之；歐陽脩第三；蘇轍第四；曾鞏第五；而落點在蘇轍正下方、王安石正左方的蘇洵，交友最少，致使節點標籤幾乎難以判讀，與其他幾位的交友狀況十分懸殊。

而就互動狀況而言，蘇軾和蘇轍兩兄弟的互動最爲頻繁，可以看出兩人儘管宦遊所在地不同，分隔路遠，仍心繫彼此，感情眞摯。王安石雖然朋友也很多，但是明顯與其他五人互動較少，有自己的社交圈。而歐陽脩在五人之外，節點上方有兩條明顯加粗的邊，顯示他文集中有互動更頻繁的二位朋友，依序是梅堯臣和韓琦。

歐陽脩與梅堯臣、韓琦的頻繁接觸，與同僚任官有關。歐陽脩（1007－1072），字永叔，號醉翁、六一居士。他在 1030 年正式入仕，而韓琦、梅堯臣二人則早歐陽脩三年，於 1027 年任官。韓琦（1008－1075），字稚圭，號贛叟。梅堯臣（1002－1060），字聖俞，世稱宛陵先生，又稱梅二十五。

二人皆是北宋知名的文學家，並與歐陽脩同朝爲官，彼此之間政事共事、文學唱和不斷。1057 年梅堯臣爲點檢試卷官，檢閱蘇軾〈刑賞忠厚之至論〉愛其才，便將試卷推薦給主考官歐陽脩批閱。歐陽脩亦賞其才，但因爲北宋科舉行彌封匿名制度，歐陽脩擔心此文爲弟子曾鞏所寫，爲了避嫌，將此卷降取爲第二。而蘇軾進士及第後，給時任樞密使的韓琦寫信，希望獲得提攜，而有〈上樞密韓太尉書〉。因此從蘇軾登科的事件來看，梅堯臣與歐陽脩年歲相近、前後入仕，彼此熟識，而韓琦與二人同輩，皆爲願意提攜後進的朝中重臣，則三人的文集中多有往來的書信唱和紀錄，也是可想而知的。

為了更好理解圖 5-2 的交遊狀況，我們可以借助圖 5-3 先釐清北宋六家的生卒年與入仕年的時間脈絡：

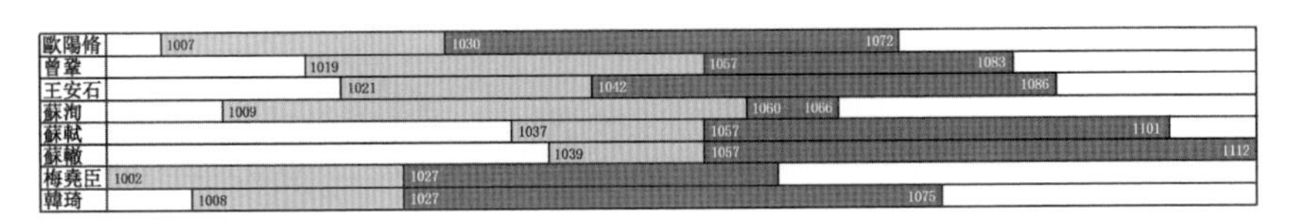

圖 5-3　北宋文人生卒年及入仕年示意圖

圖 5-3 是北宋文人生卒年及入仕年的狀況，淺紫色的條狀線是取得功名前，深紫色的條狀線則是入仕當官後。透過圖 5-3 我們可以看到北宋六家以出生年歲而言，其實可以分爲三組。歐陽脩、蘇洵一組，曾鞏、王安石一組，蘇軾、蘇轍兄弟一組。但是如果就入仕年來分類，就明顯得改成歐陽脩一組、王安石一組、曾鞏與三蘇父子一組。我們在獲得 5-3 年歲分類後，再回過頭來觀察圖 5-2，就會發現入仕的早晚與仕途際遇會影響

其文集呈現出的社交狀況。以曾鞏和王安石二人為例，曾鞏年紀大王安石兩歲，曾推薦王安石給老師歐陽脩，但自己卻晚王安石十五年當官。王安石入仕之後，先後於江蘇、浙江、安徽、河南等地為官，後回中央任官，推動變法改革。而在王安石宦遊的這段期間，曾鞏潛心學問，中年登第後，歷任太平州司法參軍、館閣校勘、越州通判，濟州、福州等地知州，最後任中書舍人，進行編修史書工作。二人際遇的不同，加劇了交友圈的差距，因此在圖 5-2 中呈現出節點大小明顯的差異。同樣仕途際遇影響交友狀況的還有蘇洵，蘇洵與歐陽脩年歲相近，卻在五十高齡才入仕任官，並在任官六年後即過世，因此儘管他同被列入北宋六大家，但他實際在當時並不被文人們所矚目，所以在圖 5-2 中，才呈現出如此不明顯的節點大小。而與蘇洵相反的蘇軾，是此次計算北宋六大家中交遊最廣闊的人，不僅往來人物眾多，而且節點與節點間的邊亦有不少是粗的線條，表示蘇軾與朋友的交往十分頻繁。將蘇轍與之相比，儘管蘇轍往來朋友亦不少，但與朋友間的關係線權重並不重，與蘇軾相比細了許多，顯示出蘇轍文集中的書信唱和之作較少與同一人互動，因此產生關係線較細的狀況。

這樣的圖示結果與我們對北宋六大家交友圈的想像其實很相近，然而，利用書信唱和作品量化文人社交關係，是否也存有計算的盲點？首先，還是先前提過記錄者的選擇問題。別集的編纂者或由自編，或由他人編纂而成，儘管是自編的別集，被收錄的作品也未必完整。因此就圖 5-2 所根據的別集底本而言，每本別集分量有別，保存完整度不同，會對於統計造成一定干擾。換句話說，就圖 5-2 來看，蘇洵和曾鞏由於社交圈明顯小於其他四位，但是這不能表示他們就是當時文人交友圈中的邊緣人，只是就別集的記錄反映出他們對於書信、唱和作品收錄標準有別，導致反映出的社交活躍度不同罷了。其次還有書信的內容，儘管書信的收件人我們已知，但是並未一一篩選書信的內容，比如求官的書信可能與當時的名人連結，但是對方未必有所回應。再來最重要的是權重的計算盲點，書信的動機有些是爲了應酬唱和，也有是情感眞摯的贈答友人，還有時是起源於糾紛爭執，這三種書信的內容該如何計算權重？還有收信對象造成權重的差異也暫時未被考慮進去，如蘇軾寫給弟弟的一封信，和寫給韓琦求提攜的一封信，兩封信的權重是否等值？由於上述人際交往的狀況非常複雜，我們只能先根據書信、唱和作品的數量，預設權重爲「1」。在這樣的前提之下，討論圖 5-2 才能理解關係線條的粗細可能和實際社交狀況有部分差距。但是儘管我們承認別集紀錄和眞實交遊的差距存在，但仍可借助圖 5-2 的統計，獲得古人社交圈和彼此交遊狀況的初步想像。

網路世界中的社會關係網路

看到這裡我們先暫時回歸現實時空，思考一下這種被記錄下與實際有所差異的交友狀況，是否也存在於我們當前的生活中？當我們在社群媒體的留言板上留下互動的紀錄，留言給名人粉專與朋友個人版面，這兩種留言難道可以計算成相同程度的友情？我想答案當然是否定的。還有公開的留言版與私訊給個人的訊息，權重又該如何定義？反過來看，如果我們透過網路的留言與私訊來還原一個人的人際互動，他的網路人格自然不一定等同於現實人格。那麼我們又該如何有意識的形塑自己的網路人格呢？

SNA 社會網路關係的串聯方法，網路路徑的節點如果不是「人」，改作「物」，就成了媒體市場行銷的路徑。最常見的狀況是您透過網路點選了某則廣告，然後接下來的幾天，您就會在各個網站反覆看到與那則廣告相關的廣告推播。這是如何做到的？其實這種行銷手段背後的方法，就是關係網路的串接。試想，如果每則廣告都是一個節點，同性質的商品由於節點特性相近，便能串接成一個子群。當您點選進第一則廣告時，網路平臺便記錄您對這個節點有興趣，因此很容易推薦給您類似的節點。而當您點進第二則廣告後，透過演算法的篩選，就能從子群中更精準的計算出第一則與第二則廣告的交集關係，然後平臺就會推播其他更貼近您需求的商品。除了廣告，新聞媒體、網路文章都廣泛利用演算法，因此身處在網際網路時代的人們，每一次點擊連結，就是開啓另一個群體的入口，儘管身處虛擬的網路世界，也許需要比眞實世界更加重視待人接物的原則。

深度討論

<table>
<tr><td rowspan="3">高層次思考問題</td><td>分析型問題</td><td>在圖 5-2 北宋六家的關係圖中，曾鞏與老師歐陽脩的關係線粗細，與他和蘇軾、王安石的關係線差不多，爲什麼？</td></tr>
<tr><td>歸納型問題</td><td>1. 透過作家文集建立出人脈多寡，和他的仕途、個性的關係是什麼？
2. 您能否針對北宋六家的例子，歸納出人脈建立與維繫的要素？</td></tr>
<tr><td>推測型問題</td><td>1. 如果您要重新計算書信的權重，標準是什麼？
2. 李白的〈登金陵鳳凰臺〉和崔顥的〈黃鶴樓〉寫作結構十分相似。對於相似的作品結構，有沒有什麼「遠讀」的檢驗策略呢？</td></tr>
<tr><td rowspan="2">支持性討論</td><td>感受型問題</td><td>1. 北宋六家的社交狀況跟您心中預設的類似嗎？爲什麼？
2. 如果要將您的一個故事寫入《世說新語》，您認爲您適合放在哪一個門類？爲什麼？</td></tr>
<tr><td>連結型問題</td><td>1.《世說新語》反映了魏晉南北朝時期上層世家大族的故事，如果我們要續寫《世說新語》，您認爲當前的時空背景，誰應該被寫進《世說新語》？又應該增加哪一個門類？爲什麼？
2. 元稹和白居易在文學史上並稱爲「元白」，除了創作理念、寫作風格相近外，本身也是摯友。您能否根據《白氏長慶集》和《元氏長慶集》的內容，找出兩人的社交關係呢？
白氏長慶集　元氏長慶集</td></tr>
</table>

數據探索

您習慣使用的社群網路平臺是什麼？您的訊息是透過私人訊息聯絡？還是公開留言？在本章中，我們知道節點間的線條粗細受到「權重」的控制，「權重」值越大，線條越粗，人物關係越強；「權重」值越小，線條越細，人物關係越弱。請將您平時的留言對象與數量記錄，再和您的友人比較，觀察其中社交網路的差異。並且討論「權重」的設定——按讚和留言如何換算成「權重」；而除了「次數」之外，還有什麼計算方法與原則嗎？

編號	留言人	被留言人	權重
1			
2			
3			
4			
5			
6			
7			
8			
9			
10			

思辨主題：

人際網路怎麼經營？

第六章

文學流派在哪裡？

人脈如何建立？怎樣能夠檢驗人脈的有效性？通過文學流派的建立與薪傳，反思虛擬網路與現實世界的安身立命之道。

文學流派該怎麼畫出來？

從宋代六家的例子，我們可以看出古人社交網路的一個輪廓。但是如果我們推論文人網路是透過文集裡的書信，還有唱和的狀況，這樣推廓出來的圖像勢必會受到古人生卒年歲的制約，產生侷限。如同北宋六家的例子，這六個人必須身處在同樣的時空，才有可能以書信唱和呈現出文人網路。

然而在文學史中，文人間彼此的社群網路有時不只如此。其中有一種狀況是文人因為崇拜、認同前人，儘管彼此之間身處異代，不可能有書信的互動，但是由於後者刻意的推崇、仿效，在後來逐漸形成文派、詩派。

文學流派形成的要素

文學流派的形成往往基於幾個因素，首先必須要有提倡者登高一呼，建立理論或概念，接著還要有響應者追隨他，並且留下大量的相關作品。有時還必須要有共同的敵人，這樣可以使該文學派別取得更高的向心力。但是上述過程實際有具體和虛擬兩種狀況，具體的狀況是詩社、文社的組織，文人群體透過社團的互動，刊物的結集，宣傳共同的文學理想，比如新月詩社、《新青年》雜誌。這種文人群體很具體，如果資料保存完整，往往可以找到文人間彼此互動的事實。但是除了具體的狀況之外，文學流派也有虛擬凝聚而成的情形。文派的形成時間並非一時之間完成，有時提倡者和響應者之間，時空距離並不相近。過去在文學史上，我們常會以「尙友古人」、「私淑古人」的詞彙來形容這些後來的響應者。例如前述北宋六家的文人群體，在文學史上的分類，更常見的是加入唐代的韓愈、柳宗元二人，形成唐宋八大家的社群。而所謂的唐宋八家，唐代的韓愈、柳宗元二人，自然是不可能與北宋的六人有所互動，但是後起的北宋六人，勢必在創作理念上，認同響應韓愈、柳宗元的文風，因此才會被後人歸爲一派，成爲文學史上公認且知名的文人群體。

那麼，面對這種文學史上後來將前人納入的文學流派，我們又要如何思考繪製出跨代的文人社會關係網路圖？換句話說，我們有沒有一種處理虛擬社交網路的辦法，可以藉此看出同一派別、卻彼此異代的文人關聯性？

桐城立派的關鍵人是姚鼐

我將以桐城派爲例，來思考文學流派人際網路是如何被形塑，以及其呈現在社會關係網路圖像上的特性。

桐城派是古典文學史上時代最後、人數最多的文學流派。其文派以桐城命名的原因，是因爲文派的三位宗主方苞、劉大櫆、姚鼐都是安徽桐城人，因此以家鄉命名。然而上述三人除了劉大櫆外，方苞、姚鼐的任官與講學皆不在桐城，隨著方苞、姚鼐的足跡，桐城派的影響並不限於安徽桐城。並且後來再透過弟子的開枝散葉，最後遍地開花，成爲清代重要的文學流派。根據桐城派後人[1]的統計，桐城派的人數到清末民初共計約有一千多人。

桐城派嚴格來說是到了姚鼐才正式成形。姚鼐（1732－1815）是乾隆時人，字姬傳，清安徽省桐城人。曾主講紫陽、鍾山各書院多年，由於書齋名爲「惜抱軒」，學者稱爲「惜抱先生」。姚鼐年輕時曾受業於伯父姚範和家鄉前輩劉大櫆，曾於乾隆28年（1763）中進士，授庶吉士，三年後先後任山東、湖南副主考，會試同考官等職位。十年後，他碰上了乾隆皇帝開館修四庫全書的盛事，被召入四庫全書館充纂修官。

自宋代活字印刷術後，古籍出版從手抄一改爲刻印，在書籍一在傳印的過程中，章節字句難免有錯漏，因此四庫全書館開館修書，最重要的工作就是對古書進行校勘等文獻功夫。當時在四庫全書館中的還有戴震，戴震也是安徽人，是當時經學皖派學派的領袖，擅長考據之學。姚鼐慕名與之共事，欲以戴震爲師。不料被拒絕。姚鼐思索修書考據與自己擅長文章寫作的性質不同後，便在進入四庫全書館後的一年後，借病辭官，轉到江南一帶開館授徒。

[1] 劉聲木，《桐城文學淵源考》（上海：復旦大學出版社），2007。

國學 Tips：《四庫全書》、乾嘉學派與戴震

- 《四庫全書》依據傳統古籍四部分類法，分爲經、史、子、集四部。《四部全書》於清乾隆 38 年（1773）開始編纂，歷時 9 年，共收錄先秦到清乾隆前期的古籍約 3461 種。修書的過程並非只是將已有書籍重新刻印，館臣還必須針對同一本書中因不同版本造成文句差異，校對考訂正確的文字。《四庫全書》編成後，共有一套稿本和七套副本。稿本原藏於北京翰林院之中，八國聯軍（1900）時毀於戰火。七套副本則包括文宗閣本、文匯閣本、文源閣本、文淵閣本、文瀾閣本、文津閣本，經清末民初長期的戰火離亂，部分副本已亡佚，僅存殘本。目前正式出版者爲藏於臺北市國立故宮博物院的文淵閣本，以及北京中國國家圖書館的文津閣本流傳最廣。

- 乾嘉學派，又稱乾嘉之學，是盛行於清乾隆、嘉慶年間的學術流派。主要創始人爲明末清初的顧炎武，知名學派學者有閻若璩、錢大昕、段玉裁、王念孫、王引之等人，其中還有屬地主義的吳派、皖派、揚州學派等地方學派。乾嘉學派的學者專長爲考校經書。儘管乾嘉學風的興盛，與當時政治文字獄禁錮思想有關，文人在埋首群經的經驗中，遇見《四庫全書》開館的盛事，許多乾嘉學派的文人也參與了《四庫全書》的編纂工作。

- 皖派是盛行於安徽一地的經學流派，主攻漢代經學，反對宋儒的疑經改經的流弊。章太炎《訄書．清儒》認爲皖派學術特色在於「分析條理，皆全密嚴瑮，上溯古義，而斷以己之律令」。知名學者以戴震爲首，有程瑤田、鄭牧、汪肇隆、方矩、汪梧鳳、金榜、洪榜、汪紱等人。

山重水複疑無路，柳暗花明又一村，人生際遇中的碰壁有時正是開始另一條坦途的開端。姚鼐主講幾大書院期間，他的詞章之學獲得學子的歡迎，影響日大。之後他爲了授課講學的方便，蒐集古今文章分類編纂成《古文辭類纂》，而在這段時間，他碰上老師劉大櫆八十歲大壽，藉機寫下〈劉海峰先生八十壽序〉：

> 曩者鼐在京師，歙程吏部、歷城周編修語曰：「爲文章者，有所法而後能，有所變而後大。維盛清治邁逾前古千百，獨士能爲古文者未廣。昔有方侍郎，今有劉先生，天下文章，其出於桐城乎？」

姚鼐借用昔日同事程晉芳、周永年之語，讚美劉大櫆的文章之學，能繼承鄉先輩方苞的文名，獨領風騷。方苞（1668－1749），字靈臯，一字鳳九，晚號望溪，是安徽桐城康熙年間的知名文人。康熙皇帝曾以「方苞學問，天下莫不聞」之語讚美方苞，詔方苞以平民身分入值南書房。雍正 11 年（1733）年升內閣學士，任禮部侍郎，總裁《大清一統志》的編修。乾隆元年（1736），再次入南書房，擔任《三禮書》副總裁。而劉大櫆（1698－1779），字才甫，號海峰，也是安徽桐城人。曾在雍正 4 年（1726）入京應舉，以文章謁見方苞，方苞深愛其才華，但考運不佳，在雍正、乾隆年間，幾次應試、應選皆未中選。劉大櫆雖然仕途不順，但已以文章爲文人所知。姚鼐曾受業於劉大櫆門下，在爲劉大櫆八十歲生日祝壽時，引用程晉芳、周永年的話，標榜老師劉大櫆的文名，實繼於方苞之後。由於姚鼐、方苞、劉大櫆三人有同鄉的交集，姚鼐用此語讚美劉大櫆，事實上就是將自己置於劉大櫆之下，有接班文章之學的意圖。而姚鼐在編纂《古文辭類纂》之時，也刻意在唐宋八家文章之後，選入方苞、劉大櫆的作品，建立了上接唐宋八大家、一系而下的文統，而桐城派正是繼承者，樹立桐城派之名，並且完成文統理論的建立。關於方苞、劉大櫆、姚鼐三人的生年與桐城派成形的時間概念，如下圖 6-1：

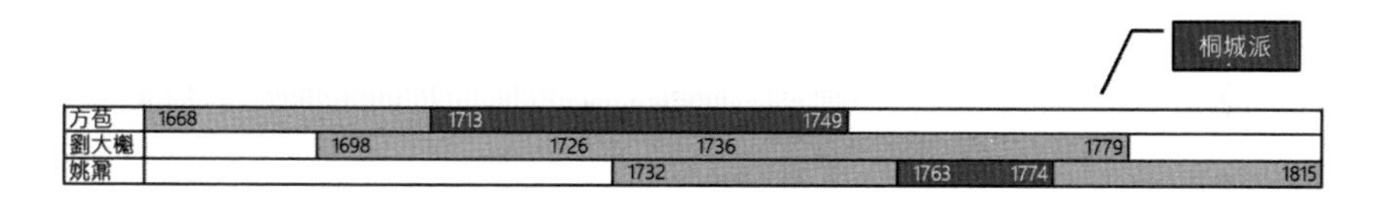

圖 6-1　桐城三祖年歲及入仕時間圖

從圖 6-1 中，我們可以看到在方苞生存的年代，根本不知道桐城派這件事情；甚至劉大櫆本人，也都是在他八十高壽以後，才開始有桐城派的出現。換句話說，方苞、劉大櫆兩人，在他們漫長的人生道路中，並不知道桐城派，當然也不會把自己的文派歸屬視爲桐城派。同樣地，除了方苞、劉大櫆二人之外，姚鼐在編選《古文辭類纂》的時候，在唐宋八大家以後，選入明代文人的作品，集中收錄歸有光。這造成了我們說桐城派的學習典範常常會有兩種說法：一種是桐城三祖，也就是方苞、劉大櫆、姚鼐的三個人。而另一種是類似宋代江西詩社一祖三宗的概念，用歸有光作爲一祖，然後方苞、劉大櫆、姚鼐三人成爲三宗。但不管是哪一種，桐城派因爲《古文辭類纂》選文的關係，十分推崇歸有光是事實。如果我們將歸有光也納入圖

6-1的左方，那麼根據邏輯，歸有光自然也不可能知道什麼是桐城派，以及在他過世百年之後會被納入桐城派的這個文學流派之中。

我們用這樣的概念來思考文學史上各種文學流派的說法，似乎常有很多似是而非的推論與錯誤想像。如同過去我們在說桐城派，最常見的說法就會說創始人是方苞，劉大櫆是繼承者，然後由姚鼐集大成。但是如果根據圖6-1，不管是方苞、劉大櫆，甚至是明代的歸有光，其實都是在姚鼐後來建立桐城派的時候，才被追封劃入文學流派之中。

談到桐城派除了桐城三祖與歸有光外，通常還有一位後來的名家會被提及，那就是曾國藩。曾國藩曾作〈聖哲畫像記〉一文，梳理古今學問傳承的系統。列出「文周孔孟，班馬左莊，葛陸范馬，周程朱張，韓柳歐曾，李杜蘇黃，鄭許杜馬，顧姚秦王」[2]等34人，其中的「姚」就是姚鼐。曾國藩將姚鼐放在孔子、孟子、司馬遷、鄭玄、李白、杜甫、韓愈、柳宗元、歐陽脩、曾鞏、蘇東坡等人之後，讓姚鼐能與前賢比肩，其推崇姚鼐之意，可見一斑。考察曾國藩的學問養成歷程，其實與姚鼐並沒有直接繼承的前後關聯，屬於前面說過「私淑」、「尚友古人」的概念。那麼，除了師生、交遊之外，文派的歸屬必需納入「私淑」的考慮。那麼上述各種關係繪製出來的文派圖，又會形成怎樣的文網，其中又有沒有關係屬性造成不同圖像的可能呢？

2 周文王、周公、孔子、孟子，左丘明、莊周、司馬遷、班固，諸葛亮、陸贄、范仲淹、司馬光，周敦頤、程頤、程顥、朱熹、張栻，韓愈、柳宗元、歐陽脩、曾鞏，李白、杜甫、蘇軾、黃庭堅、許慎、鄭玄、杜祐、馬端臨、顧炎武、姚鼐、秦蕙田、王念孫、王引之。

文學流派形成的文人網路

清末民初的桐城派後人劉聲木，曾經編寫《桐城文學淵源考》一書，將桐城派分出十三個重要宗主，然後將與他有關的人物依序繫連於其後。分為正編和補遺兩次編纂，現在可以看見的幾種版本，已將補遺直接編在正編之下，共計一千二百多人。有趣的是，劉聲木在繫連眾人之時，會標註桐城派文人彼此之間的關係，分為師生、親戚、朋友、私淑四種，正好為我們提供了觀察文學流派網路的素材。我將《桐城文學淵源考》記錄的文網繪製如下圖 6-2：[3]

---

[3] 原為筆者〈可視性社會關係網絡輔助文學流派界定方法探析——以桐城派文人群體為例〉論文，發表於《數位典藏與數位人文》7 期，2021.4，79-98。圖片經重新分色處理。

圖 6-2　桐城派文人薪傳圖

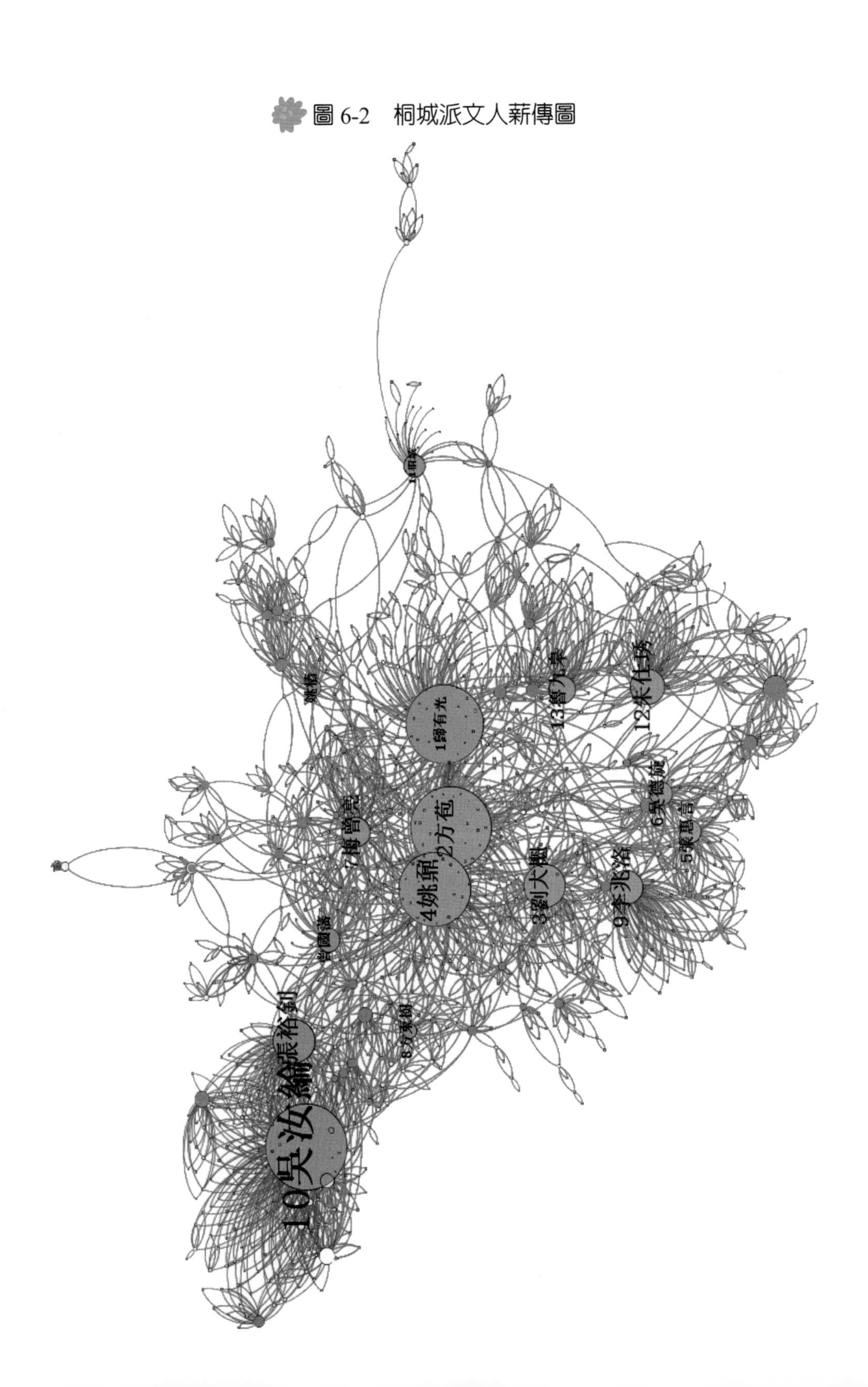

圖 6-2 是根據劉聲木的記錄畫出桐城派的文人社群網路圖，網路線有其意義：包括師生關係、親戚關係、朋友關係、私淑關係。有了之前觀察《紅樓夢》人物關係的經驗，儘管圖 6-2 看起來有點複雜，但是我們可以很快地看出圖中幾個較大尺寸的節點，是重要性較高的文派人物。《桐城文學淵源考》這本書分桐城派影響後人的宗主有十三者：歸有光第一，方苞第二，劉大櫆第三，姚鼐第四，張惠言第五，吳德旋第六，梅曾亮第七，方東樹第八，李兆洛第九，吳汝綸和張裕釗同爲第十，私淑桐城派第十一，朱仕琇第十二，魯九皋第十三。因此上述幾位文人，自然就會是圖 6-2 中較大的節點。

從方向性觀察人物影響力

然而，當我們要討論文人在流派中的重要性，應該先思考所謂重要的指標是什麼？在 SNA 社會關係網路圖的概念中，人與人的關係其實是有方向性的。比如，A 認識 B，B 也認識 A，這樣 A 與 B 就是雙箭頭的方向。相反地，如果 A 認識 C，但是 C 卻不認識 A，那麼就是 A 對 C 單向的關係。上圖 6-2 的繪製是考慮進人際關係的方向性的。《桐城文學淵源考》書中的四種關係：師生、親戚、朋友、私淑，前三種明顯都具有雙向的方向性，而私淑一種，則是後來者單向與前輩文人有關，因此方向性是單一的。而方向性的計算會影響圖像呈現，我們可以用方向性來控制節點大小。在之前《紅樓夢》的例子中，節點的大小就是人物關係多寡，關係的多寡以「度」計算，與角色關係越多，「度」越高，節點越大。而在考慮進方向性的狀況時，「度」就分爲「連入度」和「連出度」，「連入度」是被人影響，而「連出度」則是影響他人。圖 6-2 的節點尺寸根據「連出度」，也就是影響他人的狀況設定，節點越大，在社群網路中的影響力越大，那麼根據圖 6-2，我們就可以很容易觀察出桐城派影響後人人數較多的集中在歸有光、方苞、姚鼐、吳汝綸和張裕釗幾位。

人際關係的互動本就十分複雜，計算社會關係網路的指標當然也不會只有上述幾種。中介中心性是指 D 節點和 F 節點彼此之間的關係，必須經過 E 節點才能連結，因此，E 節點就會擁有較大的中介中心性。轉換成人際關係來說，就類似「中間人」或「介紹人」的角色。在文學流派的傳播過程中，「中間人」的角色是很重要的，他可以連結前輩文人，並且發揮影響力，將前輩的文學理念傳遞給後人，也就是所謂「承先啓後」的人。就桐城派的例子來說，前已說明，桐城三祖按照年歲應該是方苞、劉大櫆、姚鼐的排列，但是桐城派的概念實際上要等到姚鼐爲 80 歲的老師劉大櫆祝壽時才逐漸成型。方苞、劉大櫆並不以桐城派自居，更不要說明代的歸有光，其實根本想不到在他文學創作百年之後，會有一群與安徽桐城有淵源的文人，遠尊他爲文派的祖宗。因此，在桐城派的例子中，姚鼐擔任中間人的角色就很重要，沒有姚鼐，歸有光、方苞、劉大櫆等人的文學理念無法傳達、文學作品無法廣爲流傳。因此，姚鼐的中介中心性經過電腦的計算應該很明顯。我們將圖 6-2 的節點大小用中介中心性重新計算呈現，如下圖 6-3：

圖 6-3　桐城派文人薪傳影響圖

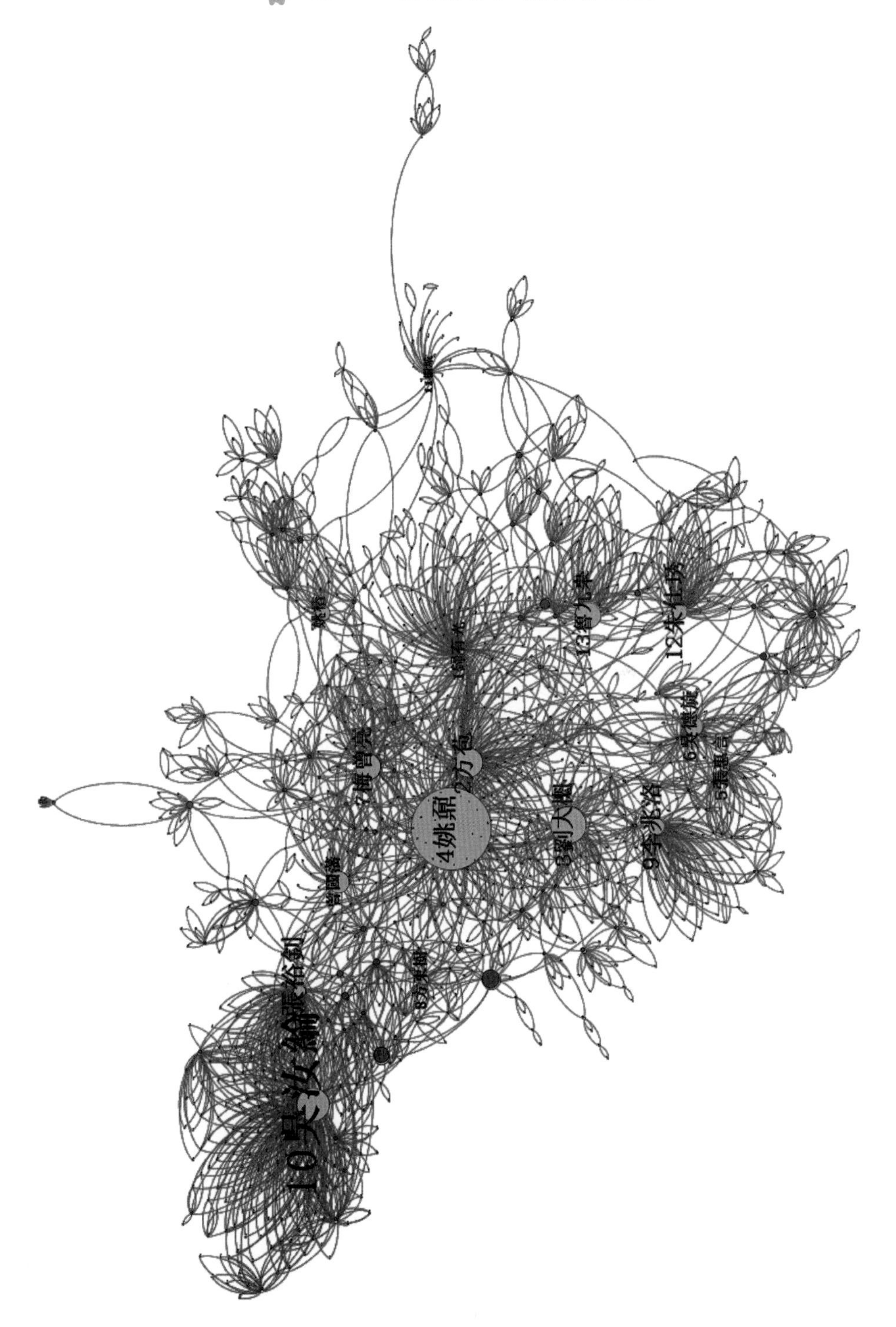

在圖 6-3 中，姚鼐的節點最為明顯，代表他是凝聚所謂桐城派文人中的重要中間人，這樣圖像繪製的結果，和我們閱讀文獻梳理桐城派形成的過程相當。而另一個較明顯擁有較大中介中心性的節點是吳汝綸，盤據在圖像的左上角。吳汝綸（1840－1903），字摯甫、摯父，也是安徽桐城人。吳汝綸是同治 4 年（1865）進士，是曾國藩、李鴻章幕府的幕僚，也擔任深州、冀州知州，並在兩州開辦書院，親自講授。辭官後，又講學蓮池書院。光緒 28 年（1902），吳汝綸創辦桐城學堂。就吳汝綸的人生歷程來看，包括知州時期開辦的兩書院，辭官後講學的蓮池書院，以及創辦的桐城學堂，皆是以「師生」關係發揮影響力，影響人數眾多，這也是圖 6-3 吳汝綸的節點下，有一群綿密的師生關係網路線路的原因。因此，在桐城派文派傳承的過程中，姚鼐、吳汝綸是重要的兩位薪傳者。

在圖 6-3 中的方苞、劉大櫆這兩個節點，明顯較圖 6-2 縮小，反應他們在文派中只有「啓後」的作用，而沒有「承先啓後」的功能。如果我們想要再細部比較桐城派一祖三宗的影響力，那麼，我們可以利用電腦篩選出各自人物的關係圖。如下圖 6-4：

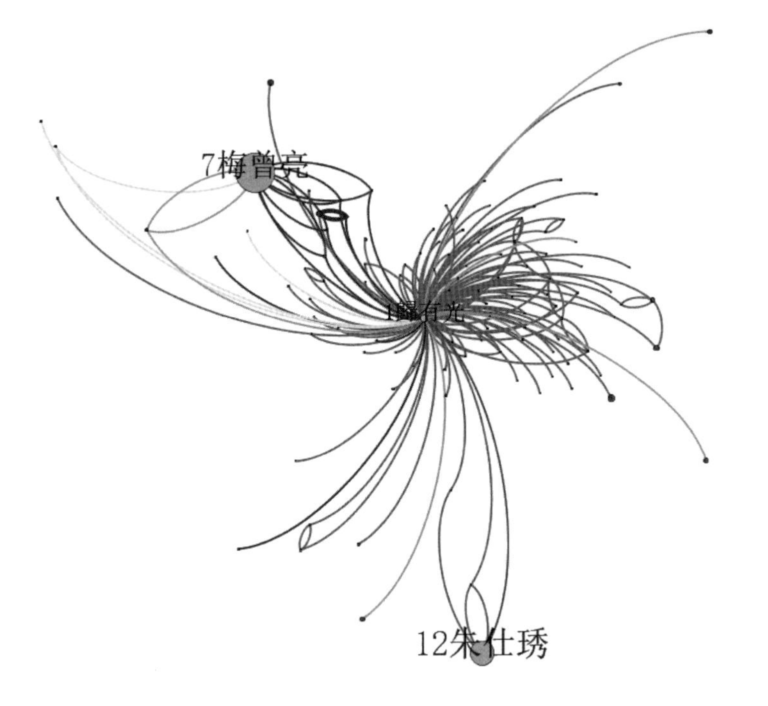
7梅曾亮
1歸有光
12朱仕琇

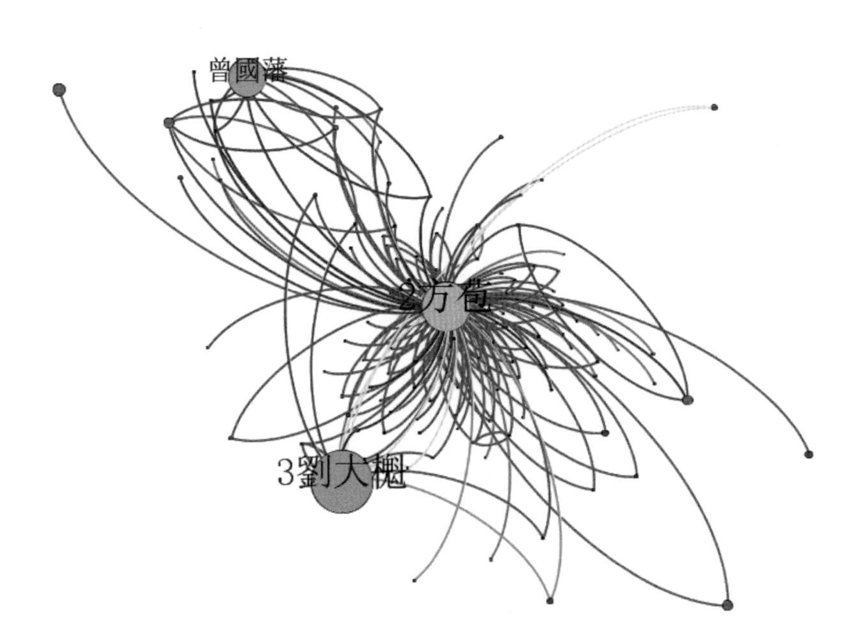
曾國藩
2方苞
3劉大櫆

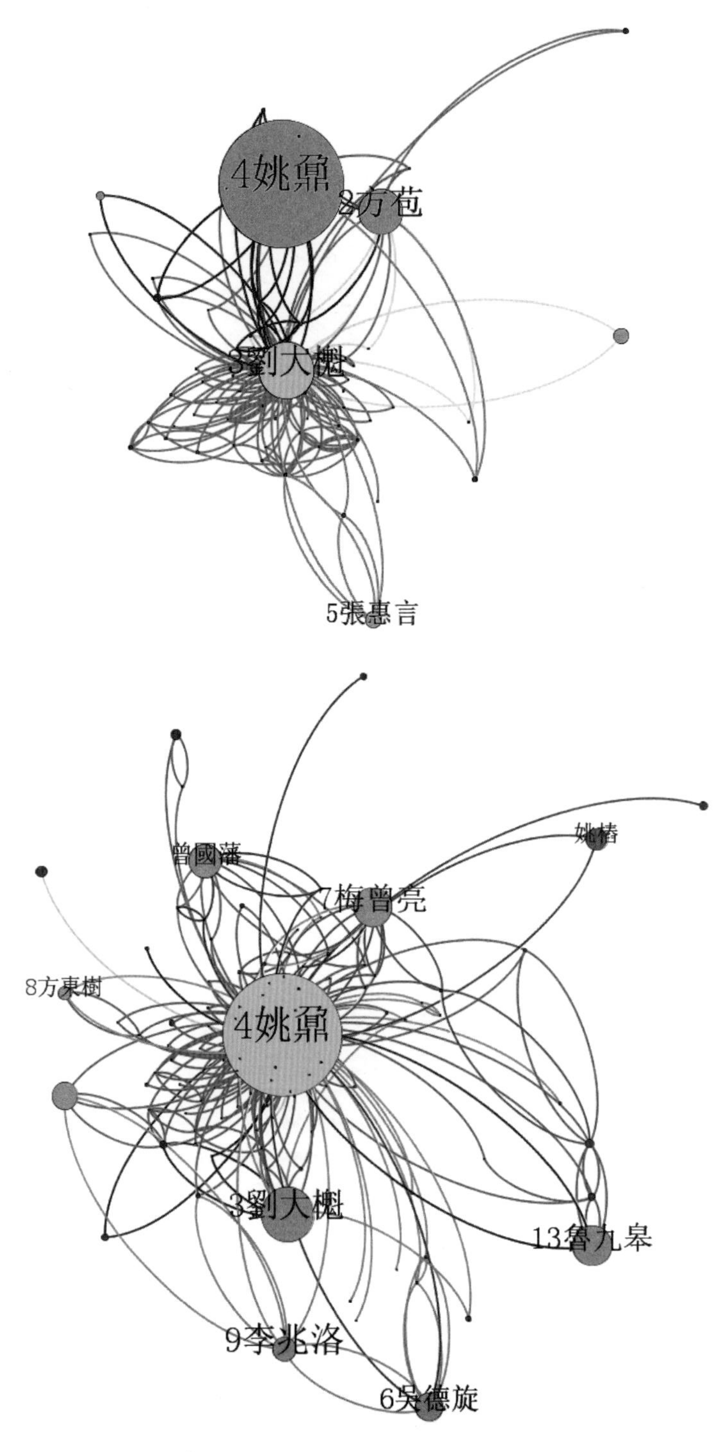

圖 6-4　歸方劉姚影響圖

圖 6-4 由四張小圖組合而成，各自圖像中央的人物就是生成這張圖的核心人物。第一張是歸有光，第二張是方苞，第三張是劉大櫆，第四張則是姚鼐。歸有光的影響圖，明顯多是由紫色「私淑」關係的線條連結，在後來桐城派的傳承過程中，重要的學習者是梅曾亮和朱仕琇。同樣地，方苞的重要連結者，除了有實際互動的劉大櫆外，文派傳承中重要學習者是曾國藩。而劉大櫆的關係人除了方苞、姚鼐的互動外，主要透過錢伯坰、王灼二人，再與張惠言連結。而姚鼐的圖像和歸有光、方苞、劉大櫆相比，連結桐城派其他眾人明顯較多，包括吳德旋、李兆洛、梅曾亮、方東樹、曾國藩、姚椿、魯九皋都是他的繼承者們。

曾國藩是桐城派的中興者？

那麼，過去文學史上說桐城派的中興者曾國藩在圖像中顯示出怎樣的特性呢？我們將與曾國藩連結的人物單獨成圖 6-5 來觀察：

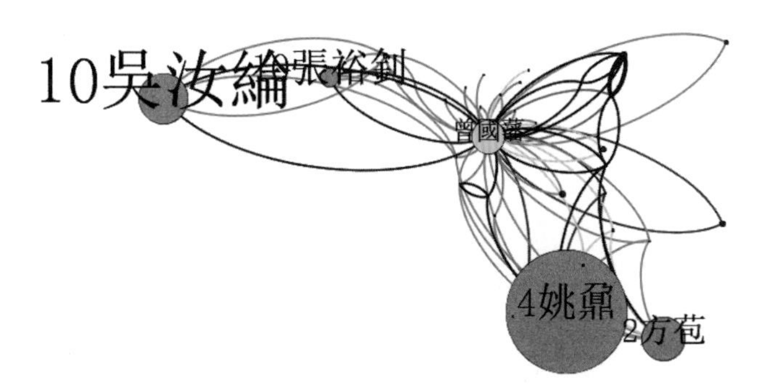

圖 6-5　曾國藩薪傳圖

與曾國藩連結的主要有四個人物，與方苞、姚鼐爲私淑關係，與張裕釗、吳汝綸爲師生關係。這幾位都是桐城派中極度重要的人物。用 SNA 社會關係網路的概念而言，就是特徵向量中心性。特徵向量中心性表示一個節點與相鄰重要節點間的關係，換句話說，就是與重要人物的連結度。曾國藩在桐城派的發展過程中，特徵向量中心性很大，僅次姚鼐、吳汝綸、張裕釗，因此從這個角度來看，曾國藩的確是桐城派裡的關鍵人物之一。儘管劉聲木《桐城文學淵源考》這本書並沒有定位曾國藩爲十三個發展系統中的宗主，但是從他與重要人物的連結而言，如果沒有曾國藩，桐城派的傳承可能會發生問題。而曾國藩跟這幾位重要人物的串聯方式，明顯是透過推崇方苞、姚鼐，然後再傳承給吳汝綸、張裕釗二人，尤其是吳汝綸，致力於教育，曾開辦二書院、講學蓮池書院，還在清末於家鄉桐城開辦學堂，則曾國藩對方苞、姚鼐的繼承，實際影響了清末桐城派諸家，這也符合過去文學史說曾國藩是桐城派中興人物的意義。

透過桐城派的例子，我們可以看到虛擬的文學流派如何透過各種關係，能夠被串連成一個派別。並且通過桐城派裡重要人物在圖像中的節點特徵，包括連出度、中介中心性、特徵向量中心性幾項，觀察人物在整個文學流派傳承過程中的意義。

傳承的關鍵條件

我們接著想要問：在劉聲木設定的幾種人際關係，包括師生、親戚、朋友、私淑，哪一種對於文學流派的傳承是比較重要的？因此我們把上面桐城派的人物關係圖，再利用電腦篩選，將上述四種關係分色標示，圖 6-6 紫色部分分別突顯師生、親戚、朋友、私淑的關係，我們觀察關係線條來思考這個問題：

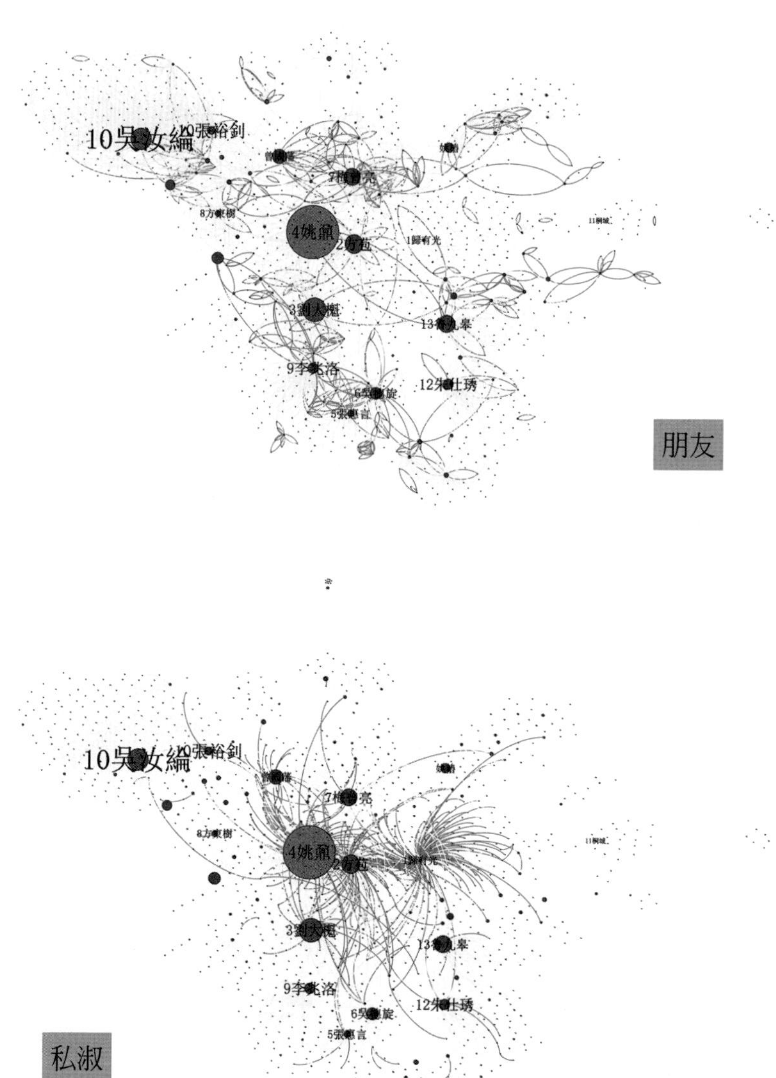

圖 6-6　桐城派四種關係薪傳圖

圖 6-6 是這四種關係的傳承狀況。我們可以明顯看到師生關係線條非常的密集，反應出師生關係是文學流派傳承強度最大的關係建立方法。而相反地，幾種關係中傳承能力最弱的是親戚關係，它的分布狀況分常的零散並且線條很短，難以連貫，這表示透過親戚關係傳承文派是較不可靠的，《典論．論文》說：「文以氣爲主，氣之清濁有體，不可力強而致。譬諸音樂，曲度雖均，節奏同檢，至於引氣不齊，巧拙有素，雖在父兄，不能以移子弟。」儘管血脈相連，基因定序相近，但人的才性氣質也未必能完成繼承，親戚關係線正好呼應了《典論．論文》這個的概念。再來看朋友關係，雖然也會形成一定密度的人際網路，不過如果我們仔細觀察這些線條連結到的節點，就會發現和師生關係線條相比，朋友關係線所連結到的節點，關係線的密度對於節點尺寸大小並沒有太大影響。剛才說過，節點尺寸大小的控制是根據人物在文派中承先啓後的作用決定，所以用這樣的概念類推到朋友關係，就會發現如果是依靠朋友互動關係存在於文派之中，雖然能夠與其他節點有所連結，但是能否傳承後人並不一定，其對於後人的影響力，可能不如師生關係來的必然直接。〈師說〉：「古之學者必有師」，師生關係在一定程度上是文學流派形成的最重要關係。最後再來看私淑關係，也就是我們這一章最主要想要討論「尙友古人」的概念。我們可以看到私淑古人的線條明顯集中在圖 6-6 中央的幾個節點，並不分散，也就是說文學流派中的幾個關鍵人物，包括歸有光、方苞、姚鼐，他們透過了著作實際影響著後人。而這樣的影響力，超越了時間、地理的侷限，甚至可以產生跨代的連結，這也許也是古人所說三不朽中「立言」的重要性。

透過桐城派的例子，我們可以看到所謂的文派、詩派的成形，其實除了我們利用在第五章說過的書信、唱和作品等實際互動觀察之外，其實還有私淑的關係。桐城派的例子告訴我們，儘管師生關係才是造成文派傳承最重要的線索，但是私淑關係卻是我們根據文集實際互動的計算方法難以量化的部分。而私淑的要件是理論著作，透過著作的傳承，就能建立一定影響力。反過來說，如果一個文派沒有著作理論的提出，也許就沒有那些被後人私淑的典範，而文派的傳承就不會那麼順利建立，對於後來的影響力也不會如此巨大。

屬於您的六人小世界

在看完實際互動與虛擬傳承的兩種文人網路之後，我們回到現實的人際社交網路來思考，在人際交友的網路中，有著名的六人理論，又被稱爲小世界。簡單的概念就是如果您想認識一個人，平均可以透過六個人的路徑，連結到這個人。舉例來說，當您想認識某個名人，儘管您沒有他的聯絡方式，但是您可以透過朋友，朋友再透過朋友，這樣朋友的朋友一層層建立關係，尋線最多六層關係就能找到他。

六人小世界概念的提出，讓許多追求成功者得到建立人脈的重要理論支撐。彷彿只要我們努力拓展人脈，就能夠取得成功。但是透過桐城派的例子，我們就會發現這中間有一個很重要的關鍵，就是朋友的方向性。如果您只是單方面的建立人脈，儘管您的連出度很大，但是對方不把您當成人脈，而且您連出的人脈沒有重要人物，那麼根據社會關係網路計算您的中介中心性還有特徵向量中心性就沒有辦法被突顯出來。那麼，與朋友相交的原理原則又是什麼呢？

其實根據桐城派的啓示，似乎每一種關係都能與人連結，也都有可能連結到傑出者，但與之長久的交往，似乎來要依循「道不同不相爲謀」、「道之所存，師之所存」的原則。文學流派的傳承是經過了長時間的傳承，桐城派的例子爲我們展現了時間篩選人際網路的魔力。歲月能夠在時間的場合中淘選出金子，我們整理人際關係也需要時間的沉澱。

有趣的是，我們發現留下作品是能夠跨越時空的有效傳承方法，就關係的輸出而言，他可以讓我們追求「立言」的青史留名。但是如果就關係的輸入而言，就會有難以分辨有效性的問題。簡單來說，現在社會上幾乎所有的名人都有社群網路帳號，我們可以輕易透過社群網路帳號看見名人的一舉一動。但是這種看似拉近我們與名人互動關係的網路平臺，人人都可以到名人網頁上留言，但如果我們扣除小編的回覆，其實彼此間的方向性只是我們單向的輸出，並不是您實際能連結的人際網路。如果我們仔細觀察，名人的網路帳號通常會和其他名人在社群平台上互動，那麼，我們花費時間瀏覽粉專間的名人互動，是不是其實又是在看另外一部《世說新語》？

由於我們身處在現實生活與虛擬網路雙重身分疊加的世界，所創造出的人際網路會比桐城派、《紅樓夢》、《天龍八部》更加複雜。我們期待六人小世界的人脈爲我們開展更大世界，但是也必須保持思辨能力，辨別連結的有效性。如果您問武俠世界的江湖在哪裡？有人就有江湖。同樣地，在虛擬網路的世界，儘管樣態複雜，但仍是人所組成，立身處事、安身立命之道，仍是應與現實人生，一以貫之。

深度討論

高層次思考問題	分析型問題	1. 方苞跟劉大櫆是在姚鼐的刻意連結中，成爲桐城派的重要人物，請分析三人的文學理論，是否存在繼承性。 2.《桐城文學淵源考》將歸有光、方苞、劉大櫆、姚鼐、張惠言、吳德旋、梅曾亮、方東樹、李兆洛、吳汝綸、張裕釗、私淑桐城派、朱仕琇、魯九皋等人作爲十三個文派中文人群體的開端，這樣的分類依據是什麼？您認爲合理嗎？
	歸納型問題	文學流派薪傳的元素有哪些？桐城派的案例，是否也適用於歷史上的其他學派呢？
	推測型問題	您認爲曾國藩爲什麼不另外創立一個文學流派，而要私淑桐城派呢？
支持性討論	感受型問題	社群網路平臺的發展，讓我們每個人都有機會當 KOL（Key Opinion Leader，關鍵意見領袖），根據文學流派的社會關係網路分析，是否給了您一些啓發？如果您想在社群網路上當 KOL，該如何經營呢？
	連結型問題	1.「江西詩派」有所謂「一祖三宗」，遠尊杜甫，視黃庭堅、陳師道和陳與義爲三位宗師，成員多爲江西人。您能不能也根據私淑、師生、朋友等關係，查找文集，繪製出詩派的薪傳圖呢？ 2. 請閱讀曾國藩的〈聖哲畫像記〉，繪製他串聯出的道統傳承系統。

數據探索

在社會關係網路的節點之間，可以考慮彼此之間的方向性。請統計您的社群網路，包含您留言給別人、別人留言給您記錄的狀況，繪製成社會關係網路圖，觀察其中方向性的差異。

結　語

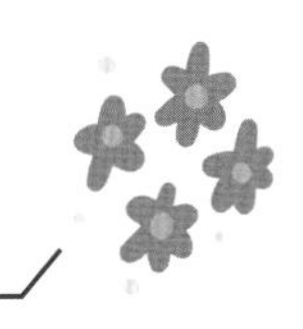

數位時代的到來，您、我都不能置身事外。我們的工作、學習、社交等種種生活方式，皆仰賴電腦科技。而網路時代的來臨，造成了新一次的知識革命。知識的取得途徑不再只是紙本的文本，更多時候是依賴數位文字的形式。而這樣的改變，也讓我們重新思考教學與閱讀的方法。

本書應用數位人文領域中的詞頻分析和社會關係網路研究法，透過「遠讀」的方法，探討國學的文本思想、文字風格、情節分析、文派薪傳的問題。我們看到了電腦「遠讀」分析文本的種種可能。我將這些主題串接在一起，試圖勾勒出一個「遠讀」國學的初步輪廓。

這個輪廓長什麼樣子呢？我們隱約看到了字裡行間藏著文字風格，看到了角色登場與敘事情感分析，看到了人物與人物的串接可以看出情節走向……。但是，我們也承認這樣子的輪廓因爲觀看的距離很遠，所以勾勒出的輪廓有些粗糙。就像我們透過望遠鏡來看很遠山谷裡的桃花源，只看到遠遠的山谷裡可能有座村莊，周遭開滿桃花。似乎還有幾間小屋，小屋上頭炊煙裊裊。但是因爲距離太遠，我們只能透過炊煙，猜測裡面應該住著人家。憑藉著燈光，推估村子裡小屋大致的數量，卻不能精準的計算總共有幾戶人家。當然也不能知道裡面人的衣著打扮、五官樣貌，更不可能知道他們內心的想法。我們所知的就是一個粗略的輪廓，需要更多的考察。

我們承認目前的「遠讀」技術有著一些留待突破的瓶頸，就像我們望遠鏡的倍率有限，沒辦法近距離對焦每一個村民，看見桃花源裡的細節。但是我們難道就要因此放棄探索那座未知的桃花源嗎？我想，我們所要做的應該是要精進更多的技術，透過不斷的測試來確知哪一種工具能夠幫我們看見想要看見的風景。

「遠讀」無法取代文本細讀，如同有了望遠鏡，我們還是需要放大鏡和顯微鏡，面對不同的狀況，我們要採用不同的工具，採取不同的調查策略。

在這本書中，我提出了數位「遠讀」國學的幾個主題教案，如果您是教學現場的老師，我期待您能夠應用這些案例，帶領深度討論。數位時代的來臨，人文學科的課程受到了許多挑戰，大家都知道人文素養的重要，但是對於日積跬步、厚積薄發的養成欠缺耐心。我們常說這個世界並非只存在黑與白，在黑與白之間有更多大量灰色的模糊空間，而人文學科養成的人，最擅長處理這些灰色的空間，梳理他們難以量化的脈絡。電腦的世界由 1 與 0 組成，正如黑與白，數位技術能夠幫助我們勾勒出一個事物的黑白輪廓，但是其中灰色的深淺內涵還是需要更多人文溫度的填補。透過深度討論的各種題目，我們可以在人文的課堂用數位的能與不能，討論人文的議題，並且初步探索人與電腦該如何合作，更新教材教法，活化課堂。

如果您是有興趣的自學者，希望透過這本書的介紹，能夠引發您的興趣，讓您後續尋找資源，一窺數位人文的堂奧。數位人文是人文領域學生跨域到科技的橋梁，知己知彼百戰百勝，人文學科的學生學習數位知識與電腦邏輯，目的是借他山之石，在數位世界中看見人文複雜較難量化的部分，看見這些部分產出人文思維，抓住人文思維的特性，反思如何模組化貼近電腦演算的部分。

如果您具備人文素養，同時懂得數位思維，可以順利接軌新興產業，成爲跨領域團隊中貼近市場的專案調研分析人才，與其他專業的跨領域團隊共事，開發人工智能產品服務。

利用數位思維看見人文，用人文啓發思辨，反覆辯證推導出新的數位計算模組，深化人文領域的素養，期待我們能建構一個人文智慧、數位智能並存的世界。

筆記頁

筆記頁

國家圖書館出版品預行編目資料

超數位讀國學：用數據探索製作教案，用思辨引導深度討論／邱詩雯著. －－ 初版. －－ 臺北市：五南圖書出版股份有限公司, 2022.03
面； 公分
ISBN 978-626-317-622-5（平裝）

1.CST：中國文學 2.CST：數位學習

820 111001656

1XLK

超數位讀國學

用數據探索製作教案，用思辨引導深度討論

作　　者 — 邱詩雯（151.9）
發 行 人 — 楊榮川
總 經 理 — 楊士清
總 編 輯 — 楊秀麗
副總編輯 — 黃文瓊
責任編輯 — 吳雨潔
封面設計 — 王麗娟
封面繪圖 — 王宇世
美術設計 — 姚孝慈
出 版 者 — 五南圖書出版股份有限公司
地　　址：106台北市大安區和平東路二段339號4樓
電　　話：(02)2705-5066　　傳　　真：(02)2706-6100
網　　址：https://www.wunan.com.tw
電子郵件：wunan@wunan.com.tw
劃撥帳號：01068953
戶　　名：五南圖書出版股份有限公司

法律顧問　林勝安律師事務所 林勝安律師

出版日期　2022年3月初版一刷
定　　價　新臺幣320元